【岳麓文辑】 张立云·主编

好风凭借力

杨振球 著

我有一好处，平生不整人。
写作颇勤快，人间送小温。

HAOFENG
PINGJIELI

UNITY PRESS 团结出版社

图书在版编目(CIP)数据

好风凭借力 / 杨振球著. –– 北京：团结出版社，
2021.4

(岳麓文辑 / 张立云主编)

ISBN 978-7-5126-8676-2

Ⅰ. ①好… Ⅱ. ①杨… Ⅲ. ①散文集–中国–当代
Ⅳ. ①I267

中国版本图书馆 CIP 数据核字(2021)第 046030 号

出　　版：团结出版社

　　　　　（北京市东城区东皇城根南街 84 号　邮编：100006）

电　　话：(010)65228880　65244790

网　　址：http://www.tjpress.com

E-mail：65244790@163.com

经　　销：全国新华书店

印　　刷：长沙印通印刷有限公司

装　　订：长沙印通印刷有限公司

开　　本：142 毫米×210 毫米　　　　1/32

印　　张：39

字　　数：841 千

版　　次：2021 年 4 月第 1 版

印　　次：2021 年 4 月第 1 次印刷

ISBN：978-7-5126-8676-2

定　　价：398.00元(共九册)

目录

小果子

因女儿犯头疼,需调养,5个半月的外孙女小果子第一次随她妈回外婆家居住,直至年底。

小果子天天见长。每天醒来,能迅速从婴儿床翻到大床上,不时"啊——啊——"几声。双手撑着床垫,身体贴着床,抬头到处张望。一旦发现有人,则四肢同时抬起,俨然一只飞鸟。如有人叫她,瞬间手舞足蹈。她不时将头叩向床面,犹如小鸡啄米。这一刻,应该是她最开心的时候吧?我不是她,只能猜测。

果子喜欢听别人说话。当我们交谈时,她会聚精会神地注视着说话的人。一次我抱着她坐在腿上,用右手托着她,不停地和她说话,讲从她的出生至周岁,入幼儿园、学前班,进小学、中学、大学,读研,到参加工作,结婚生子……接近6分钟时间,她目不转睛地盯着我,那种专注,让我称奇。她毕竟未满半岁,连话都不会说,也听不懂我讲的啥,为什么会有这么大的兴趣?我也不明白。不过我认为,通过这些举动,能从中获得果子成长的轨迹和培养的方向,是一件有意义的事情。

孩子优秀的关键,是在父母善于发现。

刚开始，白天哄果子睡觉容易。左手抱着她，右手有节奏地伴着"喔禾喔——果子要睡觉觉啰"的催眠曲，轻轻拍打她的背部，待到她合眼时，往婴儿床一放，就入睡了。从哄睡到入睡，大约 10 分钟。

随着时间的推移，哄果子入睡成为难事。抱她时，她睁大眼睛到处张望，10 分钟过去了，眼睛睁着。又过去了 5 分钟，仍睁着眼睛，并且发出"啊啊"声。再隔一会，小脑袋垂在我肩上，但将大拇指放进了口中吮吸。持续一阵后，开始用手揉眼睛，然后放下小手，将脸埋在我的肩上。此时眼皮下垂，但未全合，留下一条缝。待催眠曲几乎使自己昏昏入睡时，小心翼翼地将她放在婴儿床，未等我移步，她突然睁开眼睛，直视着你，看得人心里发麻。只得重新抱起，给她再次哼起催眠曲。

果子人小，脾气却不小。为防抓破脸，一次女婿给躺在推车的果子剪指甲，她手脚乱蹬，用哭闹抗议。我将她抱起来，仍怒气难消。她用力嚷着，谁也听不懂的"嗯不一哎"，仿佛借给别人米，还回的是糠。女儿担心她长大后会成"女汉子"；我倒认为，她现在是不会说话，如能说话了，小嘴肯定利索。

果子刚吃饱喝足的模样让人忍俊不禁：躺在推车里，不哭不笑、不吵不闹，任凭挑逗、面无表情，岿然不动。"千磨万击还坚劲，任尔东西南北风。"

一岁零八个月时，曾因同样的原因，小果子再次与女儿回娘家，她的成长显而易见，应了一句俗语："小孩不怕不长，就怕不养(生)。"

她能识图。那次回娘家，女儿带回近 20 本小儿书，封面她全能辨识。

"果子，这是什么书？"我问。

"《小红帽》。"她马上回答。

"这本呢？"

"《三个好朋友》。"

我再换一本问她。

"《狐狸的诡计》。"

"这是什么？"我又拿出《不服气的哼哼猪》问。

"《哼哼猪》。"这次，她虽未答全，但总体没错。

特别是"米拉朵情绪管理绘本"系列，如《米拉朵很淘气》《米拉朵很难过》《米拉朵不害怕》《米拉朵真勇敢》……有10册，书名她全知道。

她会背诗。如李白的《静夜思》："床前明月光，疑是地上霜。举头望明月，低头思故乡。"王维的《登颧雀楼》："白日依山尽，黄河入海流。欲穷千里目，更上一层楼。"柳宗元的《江雪》："千山鸟飞绝，万径人踪灭。孤舟蓑笠翁，独钓寒江雪。"骆宾王的《咏鹅》："鹅鹅鹅，曲项向天歌。白毛浮绿水，红掌拨清波。"又如王维的《画》、李绅的《悯农二首》等等，都背得清楚、流利。

还会唱歌。如《我爱北京天安门》《两只老虎》《卖报歌》《故乡是北京》……

她会耍心眼。"外公称秤！"她拉着我去墙角放着的电子秤旁，待我脱掉鞋站上去后，马上将我的鞋子拿跑。

她有表现欲。她不时地使劲叉开双腿，两手上举，或紧贴柜子站着，双手上伸（如成人治疗肩周炎状），嘴里不停地喊着："外公看——外婆看——"

她也淘气。午睡时，我刚躺下，她抱着小毯来我房间跟我说："拜拜！"我以为她也要睡了，来和我道别，正欲安心入睡，她又到我房间，"拜拜"，如此反复几十次，使我不得安宁。

家里的炒菜锅放地上时，她独自坐在锅里，一只手拿着锅铲划船。

有时或将塑料凳倒置，凳面贴地，里面放上小玩具，用手推着朝上的凳脚，从客厅往房间、厨房来回走动，一玩半小时。

"果子，你在送餐吗？"我们问她。她将凳子推到饭桌旁停下，用手掀开桌面的台布,拿出夹着的卡片丢在凳子里,继续前行,毫无倦意。

有一天,她的一个举动,将我们吓得够呛。

女儿买了一瓶帮助睡眠的药放在茶几上,突然发觉,果子将药的盖子掰开了,她赶紧问果子吃了没有,果子说:"吃了!"

"吃了几颗?"女儿问。她一会伸出一个手指头,一会伸出三个手指头。经清点,100 粒药丸,除去大人吃了的,还少了 2 粒。没见果子嘴动,嘴里也未见异物,果子表现也正常。

20 分钟后,她瞌睡来了,平时白天睡觉两个小时,这次睡了四个小时。

果子醒后,抱着一床小毯问我:"果子呢?"

我被吓住了:"怎么连自己也不认识了?"我问她:"你是谁呀?"

"我是果子。把毯毯给小燕子好吗?"

我说:"你给外公,外公给小燕子。"

"不要!"她果断拒绝。

果子在意她的小毯。不论何时,只要提到小毯,她都会去找,尤其在犯困时,总要念叨"毯毯——毯毯——",没有小毯,她睡不着。

"小燕子,穿花衣,年年春天来这里……"为测试果子,我先唱了一句。

"我问燕子你为啥来,燕子说,这里的春天最美丽……"果子接着唱了。

看样子,她没变傻!我们悬着的心才算放了下来。

她不时要我们带她去外面玩,既不愿坐推车也不要我们抱。"果子自己走!"每次她都这样说。

一次外面下雨,我们告诉她,天下雨,不能去。她说:"打伞。"

小孩极具模仿力。我们扫地,她要学,尽管没有扫帚高;我们开门,她要学,虽然钥匙放不进锁孔。一次,我心血来潮,教她在地上爬行,她在前面爬,我爬着在后面跟,玩得乐不思蜀。第二天,果子拉着我,非要一块做此游戏。偶尔为之无所谓,反复爬行,毕竟岁月不饶人,身体吃不消。此刻我才知道何谓自讨苦吃。

二岁零七个月,小果子进了附近的幼儿园,成为小班年龄最小的孩子。入园一个月,新冠肺炎曼延,小果子母女俩宅家禁足至今。

女儿不时给我们发来小果子的视频,有学描红或识字念书的,有学折衣服或收拾用品的;有在空坪隙地学骑车、练跑步或宅家练习乒乓球的,每天不亦乐乎且专心专意……

当父母抓住孩子的闪光点,根据孩子的个人特长,用饱含爱的心和行动去培养,孩子必然会展露出他最棒的一面。

正如教育家陶行知所言:"教育的全部秘密在于,相信孩子,解放孩子。"

一月前我们准备从外地返回时,女儿劝我们暂时别回,她也在一旁帮腔:"会感染的!"

别担心,小果子!外公外婆已平安回家。

几天前,女儿告诉我们,说果子在窗户边上看到街上行走的人没有戴口罩,急得大哭,一个劲地拉着她,指着外面的那个没有戴口罩的人。那一刻,真的很感动,小小的果子,何时心中竟然就长出了那么一大片茂密的名叫善良的森林。女儿还来不及教她,果子却已经自己写下了这一行美丽的散文诗:善良。

经过艰苦努力,付出巨大牺牲,目前我国国内疫情防控形势持续向好,生产生活秩序加快恢复,学校、幼儿园开学在即,儿童游乐园营业在望,一切都会好的。

果子,现在的你是幸福的,因为你被爱着;果子,未来的你还要幸福,因为你会学会去爱。

这真是:"白日不到处,青春恰自来。苔花如米小,也学牡丹开。"

回忆我的母亲

我母亲 42 岁生我,1978 年在乡下去世时,差三天年满 70 岁。当时我 28 岁。转眼 41 年了,我也奔向古稀之年,离母亲越来越近。

我母亲娘家在霞凝一个山清水秀的小乡村。我 11 岁时,为备战需要,母亲把我疏散到小舅家。我随母亲去了小舅家后面的小山。在一座茅封草长的墓前,母亲失声痛哭,为我从未谋面、长眠地下的外公外婆。

母亲共生育 6 个儿女。生下大哥不久,丈夫被抽壮丁抓走,战死沙场。为生计,母亲改嫁我的父亲。生下大姐二姐后,又生下了我二哥。二哥 6 岁离世,白发人送黑发人,母亲气得差点疯了。

二伯在一次酒醉后,把母亲捆在柱子上,用点燃的几根香,不断扎向她的脸,声称有魔鬼附体,需火烧去邪。燃烧后的香灰洒落在母亲的身上,母亲痛苦呻吟:"烧心呐,烧心!"多少年后,她脸上居然没任何印记,胸前却留有烧伤的疤痕。

当时,父亲很生气,说:"你不如把她打死,不要对她折磨!"

事后,有人动员母亲向政府检举、要求严惩家暴,被母亲拒绝。

"二伯也是为让我好起来，一时糊涂，我不怪他。"

据说，从此以后，二伯对母亲毕恭毕敬。

二哥走后四年内，三姐和我相继出生。

我是满崽，母亲视我为掌上明珠。

我们家是大家庭，父亲兄弟三人都是手艺人：一个木匠，两个砌匠，住在共同建造的一栋木质三层楼房。屋里还住有一位做泥工的堂伯和做副工的孤寡老人庆爹。

"你爸每次帮别人起屋，整个框架都在头脑里，几天难以入睡。"母亲告诉过我，"他帮人家做的两张小凳，四脚相对，严丝合缝，从二楼丢下，毫发未损！"

我们家，蒸茶煮饭、洗衣浆衫全靠母亲，包括十几人的布鞋，都由她亲手做。

我5岁那年的某一天，母亲刚把做好的菜肴端上桌，我爬上去夹了一筷，被堂伯狠狠地在头上敲了一下。"伯爷子，打别的地方可以，莫打脑壳啰，打坏了，害他一世呀！"母亲只是这样轻轻叮嘱。

我7岁上小学。

某次上课时拉肚子，见一调皮伢子向老师举手请假小便，老师不许。

"只看见你喊尿尿，尽想逃课，不准去！"

"我解大手比解小手还要费时间，老师连小便都不同意，怎么会同意我大便呢？"我思忖。

只能忍到下课。结果实在忍不住，拉了一裤裆。

回家时，被一位同学发现，大声吆喝："球伢子把屎拉裤裆啦，快来看哟！"我羞愧难当，恨不得钻脚下的麻石缝。

到家时，大便坐成了饼饼，母亲当时气得咬牙。"这是什么老师啰，上课不准解手，连犯人都不如！"

我9岁时，父亲患肝硬化去世。"我恐怕得不到儿子的力了！"

我出生时,年近半百的父亲如是说。

晚年重病,父亲流着泪对母亲说:"该为我的,你都做到了,只差替我生病!"

父亲去世的当天,母亲痛不欲生。二姐牵着我去街道负责人家里磕头报丧,对我说,父亲没了,你要乖,别让母亲操心。

父亲走后,亲友来我家更勤。一次我跟着姨父去了乡下。某日,天气炎热,见两表兄弟在自家塘里玩水时对我招手,我一骨碌跳下。

水里道道金光,耳朵嗡嗡作响。我不熟悉水性,任凭双手乱动也无法上浮。我渐渐下沉,不知道喝了多少水。

突然被人抓着送出水面。救我的是同姓村民,当时正路过,目睹了这一切,及时出手。

"我们以为老表在瓮昧子(方言,玩潜水的意思)!"事后,两表兄弟被姨父狠揍了一顿。

"老姐啊,要是球球出事,我无面见江东!你家'条牛个崽、担田根秧'(方言,意思是长得已像牛一样壮实的儿子),想起来后怕!"我母亲姊妹相见抱头痛哭,那情景直到今天仍历历在目,挥之不去。

母亲买了一些礼品,牵着我去感谢救命恩人。

母亲走后,我独自拜访过他,可惜恩人离世。

从此母亲不准我玩水,直到我上初二。

又是一个夏天。教俄语的李老师带几位得意门生去水陆洲天然泳池游泳,我遵循母训不下水,在岸边守衣服。

在轮渡候船时,母亲赶来了,问我谁是老师,我朝李老师顺手一指。正巧有人路过,视点落在陌生人身上。

母亲跟随他,那人莫名其妙。

"你咯只(方言,'这个'的意思)鬼崽子,连妈都敢糊弄!"我稍作辩解，急忙将母亲带到李老师面前，直至得到老师的亲口承诺，老妈才回家。

后来，二姐患上了精神分裂症，由单位的一位科长从衡阳送回长沙。

连续几年，我都是有规律地带老姐去医院排队、挂号、看病、缴费、检查、治疗、领药，加上乘车往返，每次用时半天。然后整理票据，寄二姐单位报账，直至1970年我被招去郴州工作。

在家的几年，我、母亲、二姐共同生活，相安无事。

趁二姐吃药后入睡的时间，母亲找出一本字帖，让我教她识字。

"文、字、寸、言、小、火、情、守、祖、心、受、沙、默、兆、雨、求……"随着时光的流逝，母亲识字越来越多，不但认识，还能默写。

"海子，你要有叔娭毑这种学习态度，不信成绩上不去！"我经常这样开导侄儿，母亲听我这么说，学习更起劲。

为减轻家庭负担，大姐夫介绍我去化工机械厂挑土。

我虽个小，但做事卖力，每天的评分也由最初的7分到后来的9分。当时，挣1分约合人民币0.25至0.30元。每月结算，收入不低于70元。

"这个伢子，不愧为名副其实的共青团员！"记工员经常夸我。

我把挣来的钱全部给了母亲后说："妈，儿子能养家了！"

"崽呀，你长大了！"母亲很激动，她见证了儿子的成长，看到了曙光，看到了家庭的希望！

1970年3月17日，在位于长沙小吴门老火车站站前广场，郴州公司招工人员正在向刚从市内五区招来的300名20岁左右的一群年轻人交代有关事项，这其中就有我。

在乘坐的一节铺满干草的车厢内，我沉浸在对母亲和二姐的依依不舍之中。

二姐发病时伤人毁物，母亲年迈，家庭如何维持？

几年中，为避免和减少伤害，我利用多种机会回家探望，将母亲、二姐托付给堂兄，带母亲转战工地等等，均为权宜之计。

　　在槐树下一军事工地，部队领导给我们母子安排了单间。第一天没挂蚊帐，蚊虫叮咬，无法入睡。为让我休息好，母亲通晚未眠，拿一只蝇拍，守护在我的床头。

　　第二天，领导家属借给我们蚊帐，母亲却牵挂着独自在家的二姐，一人静静抹泪。

　　为寻找一个根本性解决家庭问题的办法，我决心调回长沙，为了风烛残年的母亲，为了患精神病的老姐。

　　经过不懈努力，1975 年年底，我终于圆了母亲的梦，过了三年平静、祥和的生活。1978 年正月十三，母亲带着对子女的无限眷念撒手人寰，远远离我而去。

老姐

老姐大我 11 岁,她曾是我的偶像,也是我心中永远的痛。我家四姐弟,我最小,上有三个姐姐。老姐排行第二,出生时,体重老秤10 斤,小名大毛。因家境贫寒,大姐很早出嫁,自父亲病逝后,细姐辍学在家,老姐便成为家里的顶梁柱。

老姐长得漂亮,懂事早,会读书。读小学时,她是学校的大队长,初中是学生会主席。为提前就业,她没上高中,报考了地质学校,担任该校团委副书记。

一次大姐小两口吵架回娘家,得知大姐夫对大姐动了拳头,老姐严重警告他:"你必须做出保证,以后不能动手,否则,我将向你们单位和上级妇联书面控诉!"事后,在湖橡工作的大姐夫给老姐送了一双中统雨鞋表示歉意。

我上初中那年,她在离我们学校不远的一所医院实习,叫我中午去她单位吃饭。每次买我爱吃的菜,总往我碗里夹,她却很少尝。第二年,她正式分配到衡阳 415 医院搞病历统计,每月的工资,除维持个人最低生活水平外,全寄回了家。听说野外作业能增加补贴,当年老姐毅然回归地质勘探部门,希望经济上为家庭多做贡献。

热心人给老姐做过几回媒。一位是风度翩翩的记者，接触了一段时间，发现他喜欢跳舞，且不愿放弃，姐担心日后生变，提出分手。另一位是在太原工作的技术员，家境殷实，父亲是省政府参事，母亲住马王街一栋小楼，我专程考察过，书香门第、家里摆设古色古香，并将所见在信中告诉了老姐，不知何故，俩人最终未能牵手。

不久，姐患上精神分裂症，由单位的一位行政科长护送回家。火车到达长沙时，姐已记不清回家的路。"走这边吗？""嗯！""走那条路？""是吧！"一路上反复问答，走着，走着，不是遇到此路不通，就是逗圈返回原处，原本 20 分钟的路程，走了几乎一天。那一年，老姐 27 岁。

因床位紧张，只能带老姐看门诊。某次，我偷看了治疗过程：几位穿白大褂的医生把老姐按在病床上，将带电的器械往她头上一放，姐一声惨叫，手脚不停颤抖，口吐白沫，如同死去。我放声大哭："老姐呀，你为何要患这种病……"哭罢，我暗暗发誓：我要照顾老姐一辈子！

连续几年，我都是有规律地隔那么久带老姐去一次医院排队、挂号、交费、看病、治疗、领药，加上乘车往返，每次用时半天。看完病回家，需整理票据，用挂号信寄老姐单位报销，年复一年，直至我招工去了郴州，此时老姐身体貌似康复。

参加工作不久，我被单位选送去株洲工业设备安装公司培训，因长株两地相距不远，我每月至少能回家一趟，对家庭的牵挂淡化了些。

6 个月后，培训结束，我将返回鲤鱼江工地，在老姐的要求下，顺道送她去衡阳四院。安排妥当后，告别老姐，直奔资兴。

除夕之夜，我回家休假，整节车厢乘客寥寥无几，我蜷缩在座椅上，想起与亲人们团聚时的美景，心如潮涌，总觉得列车行驶太慢。

推开家门，老姐面壁而卧，母亲悄悄告诉我，一个月前，老姐旧病重发，单位派专人送回，刚服安定不久，现已入睡。"你姐吃的药,还是这次回厂时,那位护送她的同事带她看病开的,我老了,降不住你姐了,以后谁陪她过日子呢?"母亲说的"降不住",源于老姐发病时伤人损物,母亲欲哭无泪。

次日,我给乡下的堂哥发了封信,请求帮助!返回单位前两天,堂兄如期到家,我带老姐去医院开了一大堆药品,连同母亲和老姐托付给了他。

我忘不了新婚的第二天,侄女带着老姐来家贺喜。老姐捉了邻居家的一只母鸡从十几里外专程送来。"我叫大姨莫捉鸡她不听劝!"侄女说。我百感交集,为老姐的荒唐!

一年后我认识了老戚,他是单位为落实政策特招的最后一位45岁的大龄知青,曾由双峰县文化馆下放江永。老戚狂热地追求老姐,在肯定地回答了我堂姐"如果以后她再次发病你会嫌弃吗"的提问后,他成了我的姐夫。"我对她的爱至死不渝,如那样,也是我的命!"那一年,老姐41岁。

老姐夫妇相濡以沫、风雨同舟22年。2002年姐夫走了,"我以后咋办啰!"老姐失声痛哭。"有弟在,我会照顾你的!"强烈的刺激再度使老姐发病,第一次长住医院,那一年老姐63岁。

从那时起,我平均每月看她一次,每次给她的零花钱也从50元逐渐上升到300元。

岁月的沧桑改变了老姐。和老戚生活她学会了抽烟,医生说:"如不对她控制,一天抽三包!"每次我送她3条烟,她会立刻藏起一条,将其余的交护士保管。"这里每天发给我6根烟,太少了!"老姐不满意。"在医护处,我还留存 x 条 x 包 x 根烟呢。"老姐看似很精明。"老弟你回家要走左边啰!"老姐时而犯浑。

每次探视老姐,尽管我给她约定了下次见面的时间,每次如约而至时,总有同房病友碎言:"你姐做死地骂你,'鬼崽子还没看见来,我要打他几耳光'!"当然我不会计较,毕竟她是我姐。

老姐珍惜友情,至今仍珍藏着 61 年前,老师和全班同学为她题写的分别赠言。

老姐从亭亭玉立的高挑少女变成丰韵犹存的半老徐娘再变成今天的耄耋老人,从健康的靓女变为憔悴的老人,令人唏嘘,让我心痛!

感谢老戚,是你陪伴老姐度过了 22 年快乐的时光。尽管在老姐发狂时,你曾挥拳打落了她几颗门牙,但我不怪你,因为老姐直至你走后 10 年才说起此事,可见你生时在她心目中的分量。

感谢夫人对老姐的关怀,38 年来,给老姐准备的吃穿用品,你考虑的周全连邻居都忌妒。去看望老姐一次,往返需转乘公交 4 次,步行 6 站,费时 4 小时,给老姐单位快递资料付邮资 22.5 元。最近 10 天,因补充清单,兑换发票我往返大托医院三次,夫人都能理解、体谅,不怨不烦。

感谢老姐单位半个世纪以来对她的关照,虽然主管变动 3 次,但不变的是,都怀有对老姐的一颗爱心。

感谢大托医院的医护人员,面对年龄最大的病友,你们不放弃、不嫌弃,从始至终,保持着对患者人格的尊敬。

感谢所有惦念着老姐的朋友!因为你们,使我倍觉社会的温暖,人性的善良,亲情的珍贵,信念的力量!

我会照顾你的,老姐,我对你的保证绝不失言。我愿把自己所有的福报、运气送给你,只因你是我老姐。

朋友小厉

我认识小厉是在 49 年前。

1970 年 3 月 17 日下午,在位于小吴门老火车站的站前广场,招工人员正费力地向长沙市内五区招来的 300 名 20 岁左右的小青年交代有关事项。

"请大家保持安静,不要讲话!"维持秩序的人是一位戴着军帽、背着军用书包、胖嘟嘟的男孩,他声音洪亮,举手投足颇具军人形象。

有人说,他是长沙 28 中红卫兵团的团长。

"你如果参军,肯定是当团长的料!"当胖男孩走到我身边时,我小声对他说。至今我脑海里还留下当时听到此话时,他那令人心动、害羞的微笑。

我们乘坐的是一列货车。车厢内,除靠车门一线留下人行过道,其他地方全是干草,这是我们的"卧铺",更是我们走向社会、奔赴第一个工作单位的人生驿站。

我正沉浸在对老妈老姐的不舍中,忽然发现有人从另一节车厢走了过来,一个劲地叫着我的名字。

"建士,我在这里,有事吗?"

建士是我的发小,我们既是小学同学,又是街坊邻居,紧跟在他后面的是小厉。

"第二节车厢临时搞联欢晚会,想请你伴奏。"见我没吭声,发小又说:"领队的卢科长要我来找你,笛子也准备了,去啵?"

建士的舞蹈很棒,曾是毛泽东思想文艺宣传队舞蹈队员,在红色剧院演过红色娘子军中的洪常青,当时座无虚席,一票难求。

到鲤鱼江电厂工地后,劳资专干蔡哥委托我组建二处文艺宣传队,我放心地将编舞这一块交给建士,一举夺得公司五一文艺汇演一等奖,其中建士功不可没,当然这是后话。

"我不舒服,你回复他,就讲没找着吧!"

"你就是球哥啊,幸会,幸会!刚听建士说,你笛子吹得好!"小厉说。

那一晚,小厉就留在我的"卧铺"上,伴随车轮有节奏的滚动声,我们慢慢地、轻轻地交谈。不清楚什么时候入睡的,只记得次日清晨到达郴州后,有两天时间,满脑子都是晕乎乎的"咣啷""咣啷"的火车响声。

小厉留在郴州市城区公司动力连任吊装工,我分到鲤鱼江电厂工地。不久,我被选送株洲工业设备安装公司培训半年。转战桥口工地,我们又成了战友。

某个周日,刚吃过午饭,他邀请我一起去看她姐。

小厉的姐姐是位知青,20世纪60年代初下放板桥,之后,与当地一位生产队长结婚、生子,已扎根农村。

我们乘了一个多小时的长途汽车,又走了近一小时的乡间小路,才到她姐家。

途中,不断有熟人和他打招呼:"小厉,你来了!""来看姐了,小厉!""等会来我家坐坐!"小厉告诉我,她们都是知青,是姐的好友。

他姐很高兴我们的到来,虽然我俩空着手,没带任何礼品。姐姐去供销社给我们买了许多零食,一个劲地叫我们吃。我和小厉去几位知青家转了转,回姐姐家吃晚饭。

晚餐十分丰富,有荤有素,摆了一桌,光荷包蛋就往我俩碗里夹了好几个。

姐说:"我们乡里没什么东西招待,只有蛋!"饭后,天黑了,姐姐留我们宿在她家,明天赶早乘车返回。

"现在没车了,干脆明天去?"

我问小厉:"你熟悉路吗?"

"熟悉!"

"明天清早,有民兵训练,我不能耽误,现在走!"

在我的坚持下,我们连夜返回,临行前,姐姐递给小弟一支手电筒路上照明用。

辽阔的天空,仿佛是一块磨得金光闪烁的青色贝壳,上面镶嵌着无数颗星星。路过的池塘不时传来"咕呱"的蛙鸣。晚风徐徐吹,田间的野花轻盈摇摆,小溪潺潺流淌,夜间的响声分外悦耳。远处的群山朦胧缥缈,若隐若现,乡村的夜晚是如此的令人陶醉!

"星走白,月走黑,择路前行,小心摔倒!"

"怎么讲?"

"月亮出来,有水的坑洼发亮不要踩;星星出来,没水的小路显露,可踏着前行!"

"小厉,你懂得蛮多哟!"

"球哥,注意这里有坳!"他闪往一旁,用手电照着那个地方。

"你自己也要小心!"就这样边走边说,天渐渐明亮,自然界的一切缓缓清晰,赶到桥口工地时,起床号正吹响。

"起来啰,集合啦!"我沿着工棚喊了一遍,第一个站在集合点,迎接新的一天。

当年我被评为郴州地区优秀共青团干部,整个公司只有我上榜。我深知,没有小厉的陪伴,我不可能走一通宵,功勋章里,有我的一半,也有他的一半。

秋去春来,树叶黄了又绿,绿了又黄。转战861工地时,我回了家一趟。

一位初中同学找我帮忙从郴州运点木材回长沙,我让他带上我的信找小厉,结果满意而归。

不久我满姨去世,母亲派我去杨桥悼念,两天后返回时,邻居告诉我,前晚凌晨,有人一边敲我家的门,一边"球哥,球哥"的叫唤,几十分钟后,没叫了,估计走了。

我问母亲情况,她说:"你姐不让开门,说晨间半夜只有鬼才叫!"我姐患有精神分裂症,经常发作,伤人损物,母亲欲哭无泪。

我猜叫门的是小厉,因为只他知道我家,也只有他这样叫我。我没去过他家,更没联系电话,无法求证当时的猜想。此后30年,小厉如断了线的风筝无法寻找,"轻轻地我走了,正如我轻轻地来……"

2004年,我外出招生时,在一乡间小道的农用车上与他偶遇。他似乎比以前更胖了,而声音依旧洪亮。因车颠簸,车内拥挤,不便沟通,我们到达目的地后,小厉还要随车前行,此次见面显得匆促,话犹未尽。

感谢2016年3月10日的"七公司老同事46年相聚"活动,让我找到了失散多年的老同事,见到了小厉——我的好弟兄!

我们从一群少不更事的孩子变成年过花甲的老人,像20世纪70年代一样,我们之间没有城府,没有虚伪,那次聚会更无贵贱之分,地位差别,置身于"退休人员"同一身份的行列,我们倍觉人与人之间,从未有过的平等、自信、和谐、温馨。

20 天后,厉胖子再次从湘潭来长沙办事,我陪他坐地铁,乘公交,找同事,见朋友。他自豪地告诉我,现仍担任公司一支部书记,每月享受补差 600 元,虽事无巨细,工作繁杂,但自信满满,开心愉快。

"下次有大型聚会活动一定叫上我,我对公司老人胸中有数,我来负责联络。"

厉胖子啊,这完全是一份尽义务的工作,你依然那么热心,那么自信,好人难得!

我不久前曾用微信给他发过一篇截图,他说他看不清,我才记得,他告诉过我左眼已失明。至今我还为此隐隐作痛。

他邀请我去他老姐家,告诉我:山乡巨变,老姐家起了别墅,开了农家乐。他嘱咐我,哪天去养老公寓探望我姐时,必须叫他同往。

人这一辈子,遇见对你好的人比较容易,可遇见始终待你如初的人很难。

老同事菊梅

第二次老同事聚会才结束，群主云建在群内发微信："4 月 6 日中午，在晓园公园请回娘家的吴菊梅，不知大家是否有时间？"

菊梅是我们 49 年以前的同事。我们虽然一同进厂，但真正认识她，是在一年半以后。那时，我刚从株洲省工业设备安装公司结束焊工培训返回鲤鱼江电厂工地，领导叫我组织直属排每天的班组政治学习。直属排由二处的机械工、电工、焊工、油漆工、白铁工、锻工等少数工种组成。菊梅是电工，和我一个组，每天上班前在一起学习。她给我的印象是胖胖的、不爱讲话、着装简朴、近乎木讷，每天挎着电工工具包四处行走。后来直属排编制撤销，员工分散到二处各队。我随五队转战桥口，当时我们还见过面，后来辗转槐树下、耒阳、861 等工地，直至 2017 年 3 月，整整 44 年我们再没见过。

2016 年在烈士公园瑶池山寨，我们组织了老同事 46 年相聚活动。菊梅大病术后初愈，未能来长沙参加。但她一直关注着活动的全过程，成为场外指导。对此，她得到当年组委会的好评："……也感谢因健康原因不能到场，但活跃在公司同事群，时刻关心着大家的朋友！因为你们，使我们领悟到日子的滋润，生活的精彩，友谊的宝贵,微信的力量。有人说,人心是不待风吹而自落的花,但和你们的相识、深交,这朵花才更加动人娇艳!"

从那时开始,通过微信,我不但知道她的丈夫原来是她参加工作时的师傅,我们十分熟悉的一位技术过硬、老实忠厚、埋头业务、不善交际的唐兄,而且知道菊梅本人兴趣广泛,数字统计、平面设计、摄影后期制作、烹饪、时装表演,她无不涉足。

对生命每一笔的仔细描画,使其容貌也变得光鲜靓丽,与以前胖嘟嘟的小妞判若两人……

在微信里,她是我所写文章的第一位读者。她从我的文章中捕捉到我女儿因怀孕从外地回长沙休养的信息,即用微信告诉我许多育儿经验,从产前的准备如吸奶器、喝汤的吸管,到产后的食物如刚开叫的公鸡、四物汤和产后卧姿及原因等等,无微不至,老同事之间的深情厚谊跃然于字里行间。

她从老同事群获悉长沙的一位老同事患食道癌,即用微信汇去 200 元,给患者送去一片爱心。

2017 年 4 月 6 日,是我们"公司老同事相聚"活动日,作为"老同事聚会组委会"成员,她提前几天从广西女儿家来长沙,参加预备会议,分工负责摄影和电子相册制作。活动当日 8 点 15 分,她带着相机到达聚会地点——烈士公园白寨,比预订集合时间早到将近两个小时……她像炭火一样,在每一个需要的地方燃烧,恪尽职守,无声无息。知道我爱好写作,今年 2 月初,她给我转发了《老年教育》杂志"同舟共济抗疫情"征稿启事,又用她的邮箱帮我投递,并发来广西老年大学师生携手抗"疫"系列作品……

欣赏一个人,始于颜值,敬于才华,合于性格,久于善良,终于人品。我们相距不远也不近,不疏也不密,是一颗心对另一颗心的欣赏,是一段情对另一段情的仰望。

老同事相聚

今天是七公司老同事 46 年相聚活动日。昨晚因参加一位远道而来的老同事的洗尘宴,资料准备工作还未完成,我五时便从梦中醒来。

天气预报今天有雨。我的任务比较多:去文印社打印活动安排表、张贴通知、赶去烈士公园瑶池山寨迎宾、拍照、代表组委会致辞等,感觉时间真不够用。

打印社要七点半开门,趁早熟悉一下讲稿吧。放在手提电脑上的这篇讲稿已修改过不知多少遍了,这是组委会三天前专门给我安排的任务:"你是我们中文笔最好的,致辞的撰写和演讲就拜托你了!"我打开手提电脑发现文稿在排版上还不理想,准备调整一下。

不知是昨晚睡得不踏实,还是对电脑操作生疏,或是年纪大了容易犯浑的原因,手指不晓得误点了什么地方,手提电脑上的稿子不翼而飞。

天仿佛要塌下来了!拨弄了一阵仍不见文稿,耳朵里嗡嗡作响,眼睛放花,身上开始冒汗,呼吸瞬间变得急促起来。时间过去半小时了,怎么办……

"准备纸笔,凭着记忆默写一遍!"一阵龙飞凤舞后,纸上仅留下几行潦草的字迹。等下聚会开始,能否流畅读出,只有天知道!慢点写吧,不行!原稿要念 6 分钟的,慢慢写,来不及。

"我怎么这样背时,原本对电脑不熟悉,为什么偏去摆弄?为何当时没去保存?"后悔、自责,心烦意乱!无意识再次打开手提电脑,幻想找回原文,仍是一无所获。

"玩失踪!"脑海里突然蹦出这个念头。不行!参加今天聚会的都是从各地赶来、40 多年未见面的老同事,怎能想不见就不见?脱稿致辞吧,肯定出洋相,成为笑谈。

"只能对不起老同事了。"再次打算逃避时,"老同事"三个字、师傅、朋友、伙伴等许多熟悉的身影顿时浮现在我眼前。那些曾经和我风雨同舟,并肩战斗,住茅棚、钻山沟、修三线、建高楼的同事……我能负自己,愧天地,但绝不能对不起老同事!何况 46 年的老同事也会对我包容的。先静下心,尽快默写,让记忆留在纸上,除此别无他法!

时钟已过六点,留在纸上的记忆也越来越多。"哎,读起来怎么拗口了,与原稿有异?""管她呢,先写下再说。""这一段应调整到后面去!""这里比原文好像逊色了许多。"墙上的报时钟提醒我到了七点,夫人已把早餐放在桌上。胡乱吃了几口,停下,继续写。离文印社开门差不多了,文稿三页,初步完成,略加收拾出门去。

赶到文印社,卷闸门紧闭,敲了几下,毫无动静。"昨天老板说好七点半开门的,现推迟十分钟了,还未营业,出状况了?"记得离乘车地点不远还有一家文印社,急忙跑过去。也没开门,只能祈祷公交车快点开来,到集合地再说了。八点过几分,一辆公交车总算开来,没等车完全停稳,我小跑几步跳了上去。

我原打算到达后,马上找一家文印社打印资料的,没想到下车后却直接奔向集合地。

"我连安排表都没弄好,去那里干啥?"途中猛然醒悟,问了一位打扫卫生的园林职工,明确公园外才有打印社后,又沿路返回。

路旁有打印社三家。第一家没开门,第二家仍未开门,好在看到了一家开着门的,我像一阵风吹了进去。

"老板,这个请你打印一下?"我火速拿出原稿。"你要复印几份?"

"先打印一份出来,再复印!"

"你要打印啊?我们搞打印的小姑娘还没来,你等一下,把原稿先放这儿。"

"天呐,今天我成背时鬼了!"一把夺过原稿朝前跑去。看了一下时间,八点半。

"请问,这里有打印社吗?"

"前面右拐小巷有一家。"跑进第一条巷子,没见到,继续跑,此路不通。转身返回巷口,又朝第二条巷奔去。老天保佑,这回总算找到了一家刚开始营业的打印社。打印完成,抬头看了看时钟——九点整。

离正点开会还有时间,一路狂奔到集合地点。擦干头上的汗水,手机上显示九点十分。三站公交车路程,往返用时差别如此显著!向老板娘借来胶水,在门上、窗上,三下五除二,张贴了几份聚会活动议程,寻一僻静处慢慢誊写演讲稿。

四周是那么的安静,一切回归正常。当讲稿誊写完,我悠闲地画上一个句号,并轻轻地、重复地画着,决心将这最后的一个标点符号,画得很圆、很圆。

远处,年过古稀的前辈专程赶来,颤颤巍巍的兄弟由家人搀扶走来,失联几十年的老同事结伴而来。天公作美,继续放晴,春光明媚,笑语欢歌。拍照摄影的,悬挂横幅的,摆台签到的,外出迎宾的,到处人头攒动。花儿怒放了!山寨沸腾了!

真是:莫道春光难揽取,浮云过后艳阳天。

好友芝云

去年 10 月下旬，我们中学同学曾在烈士公园白寨聚过。那天我 10 点前到的，等了一个小时，霸蛮喊开了门。后来老师请客，我早几天来此联系过包房，因担心变化，照旧 9 点多到达。原以为又要等一阵，哪知门已开，芝云在里面，比我早到。不但如此，她还带来一个拖车，里面装着红酒、白酒、椰奶、橙汁、花生、瓜子、桂圆、橘子等，俨然开了家小卖部。芝云距这里比我家远，手里提的东西比我重，到这里却比我早，我满满的感动！

芝云能干，又是我小学和初中同学，同在两个微信群。正因为如此，这次恩师委托，责任使然，我请她助一臂之力。当服务员拿来菜谱时，她一边点菜，一边交代："你要听我的，不管谁来买单，只能认我！"显然，她担心有人抢先付账，干脆一不做，二不休直接跟服务员说："你算算多少钱，我马上付款！"好男不和女斗，在她面前，我只能遵命。

芝云是才女。读书时她的作文经常被老师作为范文在班上诵读。2013 年，当筹备老同学相聚五十周年活动时，作为组委会成员，她负责文案并为班长准备致辞。那篇充满诗意的文章，如一股清泉浸透着我们的心田，至今仍叫我感动。为给大家带来惊喜，那天她还清唱了读书时学过的俄文歌曲《东方红》，虽时隔半个世纪，但准确的发音，连被邀到场的俄语教师都为之叫好。

芝云重情义。五年前，有位叫自山的同学邀请我们去天心公园小聚，她抢先买单。自山过意不去，不久再次邀我们去靖港游玩，芝云说，由她负责车辆接送。那天，一车将我们接到了位于靖港的长沙船舶厂，由她那位担任厂长的先生陪伴做东，参观了厂房，海吃了一顿，既开了眼界，又享了口福，还一路跟随，让大家尽情游玩靖港、乔口两个古镇。

五十周年老同学聚会后，我不经意提起没见到的同学丽华。半个月后，她安排组委会部分成员叫上我专程去了一趟湘阴丽华的家。人这一生，被人懂，是幸运；有人懂，是幸福。芝云学友，倘若不将同学放在心上，能心细如发？有人说，这是她长期从事工会工作培养的能力，包括她的组织才干……顾老师是我儿时的班主任兼语文、音乐课老师，只是芝云的唱歌老师，我这次仅仅叫芝云帮忙点菜。她之所以不遗余力操办此事，完全出自内心对老师的尊敬。这次聚会的轮流祝酒，她说出了我们的心里话：我们能从四面八方来到白寨欢聚一堂，首先要感谢顾老师的号召力、影响力、亲和力……

今年我从北海回长后，正值疫情蔓延时，获悉我缺口罩禁足家中，她叫儿子专程给我送来10只口罩、若干口罩垫。雪中送炭，温馨无限。有人说，逆境中，同学是一把火，顺境中，同学是一块冰；风雨中，同学是一把伞，蓝天下，同学是一朵云。亲们瞧瞧，芝云学友像什么？

王老师

　　我认识王老师已经 42 年了,那时我在局职校学习日语。我的日语老师姓翁,他指定我为班长,负责班里学生的考勤登记。一天翁老师打电话给我说有事,今天的课由王老师代上,叫我下课后将考勤本交办公室王老师。

　　王老师二十多岁,白皙,丰满,头发卷曲,声音很甜。

　　"翁老师说,他们班的班长日语很棒,就是你吗？"王老师接过考勤本笑着说,她的声音含有磁性,亲切、温柔。

　　"哪里,主要是老师教得好!"

　　"你坐坐,我给你倒杯水。"

　　热情,大方,理性,儒雅,这是王老师给我的第一印象。

　　1987 年,我撰写的论文《信息的生产力功能探讨》获长沙市财贸职工思想政治工作研究会第二届年会优秀论文一等奖。为此王老师见到我夫人,夸过不停:"你找了一个好老公呀,论文连续两年都获得了长沙市一等奖,不容易!"她紧握夫人的手不放,那高兴劲,仿佛是自己获得了大奖!

　　又过了两年,经民主测评,我被推上校长岗位。我立足行业优势,开办了首届职高烹饪专业。

王老师来学校前在饮食公司工作过,烹饪班的班主任自然非她莫属。然而烹饪班几乎清一色男生,调皮,难管,我和王老师的关系也在发生变化,曾由师生变为同事继而变为领导和群众,王老师是否能服从自己学生的安排,我无把握。

我先试探了一下:"我们第一次办烹饪班,想物色一位懂行的人担任班主任,你认为谁最合适?"

"我学过三年白案,让我试试吧!"

"感谢王老师,如你能出马,是我们烹饪学生的福气!"

从此王老师一心扑在班主任工作上。没有锅碗瓢盆,自己买,需要油盐酱醋,外出购;烹饪灶具,自己弄,师资缺乏,四处找……

为节省教学成本,她选择收市时买落角菜,并教会学生讨价还价。为融洽与学生的感情,她经常带他们去家里,切菜、配菜,做饭,示范教学,色、香、味、形、器,亲自点评。还不时叫自己的丈夫——一位从西德援外归来的出国厨师进行无偿指导。

在临近比赛时,有人推荐了一位评委,让她去沟通一下。

"这人不正派,有点动手动脚!"王老师很生气,回来告诉我。

我回答:"哪怕名落孙山,也不能让他得逞!"

王老师是语文教师,一次她对我说:"校长,你晓得学生在作文里是如何评价你的吗?他们说,从小学到高中,从未看到过校长和学生一块搬桌椅、擦窗户的。到这所学校,终于开了眼界!"他们还讲,"你笑起来像弥勒佛!"

20 世纪 80 年代末,商品房刚进入市场。为解决无房教师的后顾之忧,学校决定分批买房逐步解决,要求老师事先申请。

王老师的先生小李,系机关单位的一名厨师,住在单位,不属无房户。

一天,我告诉她,学校对有房者,可给予装修补贴。

王老师回答："我的房子无须装修。有你这句话，我已心满意足！"

这样的回答我是第二次听到。上次王老师因过度劳累，在讲台晕倒送去医院，我对小李说："你夫人是为工作病倒的，学校会竭尽全力给她治病！"

王老师知道后，热泪盈眶，未等身体完全康复，就来学校工作了。这一切应了一句老话：良言一句三冬暖，恶语伤人六月寒！

2003年，进行职称评定，学校有三个高级教师名额。在述职时，我的发言完全发自内心。

"我认为这个指标首先应考虑王老师！原因很简单，王老师是我的老师，当我还在职工学校读书时，王老师就已经是老师了。职校的在职人员，有比王老师教龄更长的吗？没有！如果今天只有一个名额，我退后，让王老师上。除非特大贡献，先来后到应成为我们的规则！"

2004年，根据教育局有关规定，王老师提出了退休申请，尽管她当时刚满50岁。从工作需要，学校离不开她，从健康着眼，她身体早已透支，我们只能尊重她本人的选择。

内退不久的一个双休日，王老师邀请我们去星沙她讲课的地方休闲。

"你还在上课？要注意身体！"

"我还有一位侄女没工作，想赚点钱帮她一下。"

2005年，王老师将省直单位收银审核技师的操作技能考核委托给我校，我们精心组织了一班人圆满完成了这一任务，极大地提高了学校的知名度。

在赛场，见王老师身体无恙，我们都很高兴。

五年后，我也退休，受聘于机场附近的一所学院任系主任。因长期从事职业教育，本系工作得心应手。我打算，在合适的时候，邀请包括王老师在内的几位同事来学院叙叙旧、散散心。

一天,接到一个电话,被告知:"王老师走了!"

一时间仿佛天旋地转,无法接受。

人的一生要经历太多的生离死别,那些突如其来的离别往往将人伤得措手不及。

热情,大方,小我几岁的王老师怎么说走就走了呢?生命竟然如此脆弱啊!

当年12月,当我从院长手中接过"首届学术委员会委员"有效期三年的聘书后,我萌生了辞职的念头,因为王老师的离去!因为生命的脆弱!!因为记忆深处那一朵朵清浅的花!!!

一年后,在某电视职场频道,我见到了王老师的独生女甜甜。

甜甜是中国传媒大学的毕业生,当主持人问她为什么要回家乡找工作时,她的回答令无数人动容:

"我告诉了妈妈一个月内回家的。老妈逝世后,在整理其遗物时我才知道母亲对女儿的思念:离宝贝女儿回家还有30天。还剩29天……就这样,妈妈一天一天地记录着我回家的时间,盼望着我的归来。当记录到15天时,她的字迹不再工整、秀丽,而变得潦草、模糊。回家倒计时14天,母亲的记录本上仅留下'14'这个阿拉伯数字,而且4字的最后一竖写得歪歪扭扭,预示着妈妈已油尽灯灭,走到生命的尽头……"

王老师,你牵挂着女儿、恋眷着社会;你的好日子刚开始,你不想这么快离开!为女儿的归来,你在用生命拼搏、与时间抗争啊!

"生命累了,我在天堂等你;我们老了,我在来生等你。"

王老师,一路好走,但愿来世我们还是好同事、好兄妹!

秦大姐

秦大姐长我十岁,我们相识始于威海东发老年公寓。

两年前,顺祥养老公寓拟组织客户去威海避暑,后因报名人数不足改去北戴河。北戴河我去过,仍请求去威海,顺祥工作人员告诉我东发老年公寓张院长电话后,我们老两口于当年7月5日抵达威海。一天偶然听到一口标准的普通话,说这里服务好、伙食佳、环境美,动员朋友来这儿。我循声望去,是一位鹤发童颜的老太太在手机打电话。她皮肤白皙,举止干练,声音动听,这种动员,无人能够拒绝。

在一次排队打饭时,我们刚好站在一起。闲聊中,我们互相知道了对方。她是天津人,这次和妹妹来此避暑,准备住两个月。她知道我是长沙人后,希望向我了解有关长沙的情况。

我约她饭后在餐厅见面。饭后在约定时间我们均按时到达。她一边听我们讲,一边用笔在本子上记,还不时提问,说如有时间会来岳麓山和橘子洲游玩,并再三向我们表示感谢。之后,我们相互留下了微信。

我们在威海相处了一个月,这期间,只要谁发现有值得去的地方,我们都会陪对方去。秦大姐住的时间比我们长,我们离开威海时,她俩姊妹热情相送。

次年,有人介绍我认识了在海口普亲老年养护中心工作的长沙老乡陈医生。正巧秦大姐问我们准备去哪儿过冬,我说了此事,并将陈医生的电话告诉了她,请她直接与陈联系。不久,她给我发来了一组普亲老年养护中心和海南省干部疗养院的图片,并告诉我,饭后她姐妹俩天天在疗养院散步。我们到达海口后,她为我们安排好了一切,她叫我们住在英杰公寓,吃在普亲,说这样既省钱又实惠。

听说我们还有几位长沙朋友会来海口,她找英杰公寓的老板砍价;得知大家想去三亚旅游,又找来当地旅游中介人罗老板,叮嘱他公平公正、一视同仁,不要赚昧心钱,还送了我们一大包千里迢迢带来的天津特产麻花。这次我比她后离海口,当然送她们乘车回天津是我们义不容辞的责任。

今年她微信邀我们夫妇去泰国旅游,说她订好了套房,可供几人居住,还说你们来不来反正钱已交付,不住白不住。

听说我们7月5日来安顺,正在丽江旅游的她,7日便乘机到贵阳,再坐机场大巴到达安顺火车站。我收到她的微信后,迅速向金太阳老年公寓做了汇报,并随齐院长开车一块去安顺约定地点接了她。

两年不见,秦大姐风采依旧,思维敏捷、满头银发,声音洪亮,只是脸变黑了,仿佛饱经沧桑。她告诉我,是在丽江玉龙雪山弄的,那里海拔高,有高原反应。

前天院长将她安排在我隔壁的单人间居住,有什么事,相互能够关照。当天,我们一行人都与她见了面,她十分高兴。那天晚餐后,她去了我们每人住的房间。昨天中午,又兴致勃勃地给她远方的朋友打视频电话,介绍金太阳的住宿、伙食和收费,邀请好友过来,俨然一位专业记者。

7月8日下午，我们一行9人步行去思源民族生态园。途中，我老伴称赞秦大姐精力充沛，声若洪钟，只是使姨姐有点不能入睡。一见姨姐面，她连忙道歉，说自己太兴奋了，一定改正，绝不会有下次，弄得姨姐不好意思。

　　她告诉大家，一周后会去丽江住一周陪那里的朋友，然后再返回安顺全程陪我们。

　　她说："你们去哪儿，我去哪儿，虽你们回家有先后，但只要还有一人不走，我奉陪到底！"

　　这就是秦大姐，一位近80岁的老人。在威海，在海口，在安顺，走到哪里就把友情和快乐带到哪里。

　　此时我耳边响起了在海口工作的陈医生对秦大姐的评论："你们知道吗？她是清华大学毕业的高才生，曾和胡锦涛同过学！她的言行举止，无不流露出一股书卷气。"

　　有人说："你曾经跑过的路、读过的书，都沉淀在你的精气神中。"

　　秦大姐有之！

不抢红包的女孩儿

网上抢红包，近年来似乎成为人们文化生活中的一种时尚。在朋友圈中，凡遇喜庆之事，一般都要发红包的。发红包的高兴，抢红包的喜欢，尤其是抢红包者，一见红包，几乎都会毫不犹豫地去抢，因为参与者相互熟悉，人人都想活跃气氛，维系、分享友情。囿于发者少，抢者众，哪怕只抢到一分，内心亦喜，毕竟抢到了一个，没有啥都没抢到者的遗憾。

我本月 17 日曾用微信给小李发了一个红包，原以为她会痛痛快快地把红包抢走，没想到 24 小时后，却收到红包退还通知，顿觉五味杂陈。

我于前年在贵阳购买住宅一套，去年底收房后与装修公司签约时，有幸认识了市场部的 A 敬、小李、开心果等人。今年 3 月 16 日，接丰立电话，我乘高铁从长沙来贵阳交付工程款，次日上午去公司办理有关手续，中午委托置业顾问 A 敬给找一家餐馆，邀请小李一行聚餐。

我对小李印象深刻。去年签约时，是她用微笑接待、陪伴着我们。她掏出他爸爸的照片，说我很像她父亲，一路轻声细语、小心搀扶,仿佛我们就是她的父母似的。为了不能忘却的记忆,我们叫人用手机拍下了第一张合影。

离开贵阳的当天,我因事去了一趟中铁城,想不到又见到了偶然陪经理到此的小李,我不能不相信缘分之说……

穿过大街小巷,来到 A 敬安排的餐馆——据介绍是一家味道不错的麻辣烫专店。安排我们入座后,三位服务员泡的泡茶,拿的拿碗,点的点菜,只叫我们坐稳防摔。不久,端上一大盘麻辣烫,里面有咸肉片、肉丸、土豆、芽白、蒿菜、酸菜、菠菜、豆腐、黄豆等,又给我俩配好调料,让我们选择口味,还端上鲜汤、热饭……将我俩俨然看成上亲。

这顿饭很享受。我们曾吃过享誉天下的凯里酸汤鱼,说真的,这家店的麻辣烫的味道不会输它,尤其是那汤,简直绝味!

饭毕,我去收银台买单。在付款时,小李已用微信支付。我几次把钱给她,她死活不要。我事先说好由我买单的,怎能让小李支付?我只能给她发微信红包,衷心祝福小李:"心想事成,永远快乐!"

小李是四川人,大学毕业后只身来贵阳打工,背井离乡,租房居住,确实不易,个中的磨难可想而知。然而,我自始至终看到的只有她的微笑,她的淳朴,她的善良。

强者不是没有眼泪,而是含着眼泪在奔跑。

"叔叔,你太客气,不就一顿饭吗,下次我去你家吃饭。"

小李看到我发给她的红包后,没有点收,只是这样回复。

"您和阿姨我之前一见面就觉得很亲切,就像一家人一样。所以就不要和小李客气了。"

人生,总有一些不期而遇的温暖,让人瞬间感动。

小李是我遇见的第一个不抢红包的人,她让我明白:最美的风景,不在终点,而在路上;最美的人,不在外表,而在心里。

愿人生所有的遇见,都成为一种美好!

老同

　　我和建德是老同,我俩不仅同年同月生,而且从 1963 年初中同学开始,至今 53 年了,仍往来密切。我俩共同守护内心的愿望——旅行,读书,让身体或灵魂总在路上。

　　我认识建德时,他家较穷。当时,他父亲在纺织品公司工作,母亲是家庭主妇。他和姐姐、弟弟都在读书,一家人的生活全靠父亲维持。

　　那时理一个发的价格为一角五分,我因为在班级学雷锋活动中学会了理发,建德兄弟的头发,自然被我免费包下。每次给他兄弟俩理完发,他老妈都要把头发收集起来卖钱。初中三年,我没见他们一家人穿过新衣。

　　也许经济条件不好导致营养跟不上,建德个小,体质差。

　　1969 年元月,他响应号召,落户湘阴农村,仅几天就被退回。

　　当地的生产队长说:"这个学生患严重风湿性关节炎,我们是湖区,他不适合在此!"退回长沙一年后,建德被招工到五一路百货商店,担任营业员。

　　一次某顾客在买完东西后,认为建德少找了钱,故意找碴。

"你手上是什么？"建德问。

那人回答："是你刚才找的钱，少找了！"

建德跃过柜台，一把夺过那位顾客手中的钱，再给他说理。

"你开始给了我十元对吗？"

"不错！"

"你买了几样东西，我一样一样算给你听。"结果，所购物品和找回的零钱正好相符。

我问："你为何要夺回顾客手中的零钱？"

"我刚找给他的，钱还在手上，不马上拿回来，说不清，道不明！"

看似弱小的建德，在关键时刻，一点也不含糊。联想到读书时，课间的一次游艺活动，我坚信自己的判断。

那次，建德和石同学玩军棋，我做裁判，因担心棋上有记号，石同学用师长与司令互换。

开战不久，建德的师长被他的司令吃掉，表面上看他不动声色，实际上他紧紧地盯上了那只代表司令的棋子。

他设法炸掉了对方的司令。按棋规，司令阵亡必须翻开军旗，而石同学当时未及时翻开，炸掉的又恰巧是已事先经过裁判变成了司令的师长。

建德认为我不公正，大声吼叫："他的师长怎么能吃掉我的师长，我盯死了这只棋的！"

"你刚才炸的就是石同学的司令，你看他不正在翻开军旗吗？"

"我说怎么回事，原来事先换了棋。"

我1970年招工到郴州后，因家庭问题经常来往于长沙和郴州两地之间。为节省费用，建德为我找他的一位姓李的同事帮忙。

李姓同事为高干子弟，人脉广，为人豪爽，一听此事，二话没说，马上把我带往长铁机务段，叫我认识了两位火车司机，为我的两地奔波开辟了捷径。

1978 年,我母亲在霞凝病逝,丧事在堂兄家举办。建德因工作忙不能前来送行,便委托好友慰农送来了礼金。他再三叮嘱慰农要事后给我,担心我丧事风光,事后艰难。

"哪怕振球一时误会,我们也要这样做,绝不能让好友因丧事弄得挨饿!"

高山流水,子期知音,建德懂我!

建德爱读书,尤其钟爱中医药学。这种钟爱源于他的顽症。

建德曾有几次无故流鼻血的经历。为此他咨询过医生,回答是习惯性流鼻血,无法根治。

在几年前无端发生的一次流鼻血后,他想到了中医,决心在浩瀚的中医文献中,寻找一剂良方。

他买来一本唐代大医药学家、人称"药王"孙思邈所著的《备急千金要方》慢慢地读,细细地寻,精心比较,终于从这本 76.6 万字、藏有数万个秘方的文言文典籍中,找到了适合自己症状的良药。

他坚持服药半年,春节期间母亲为图吉利要他暂停服药几天,节后他继续服药,终于根治了连医生都认为不可能治愈的顽疾。

为防误导,他特地强调:"服中药前,一定要清楚自己的体质,我的体质是将自身的状况经多次与老中医沟通后才知道的,一把钥匙开一把锁,一人只能用一方!"

建德认为:"想长寿,要注意两点:第一,心态要好,凡事看淡;第二,不挑食,什么都吃,但不能过量。"

建德的父亲今年 99 岁了,仍耳聪目明、思维敏捷。

建德在谈到他的父亲时说,几年前,他父亲月工资不足 2000 元,他问父亲如何看待工资不高的问题。老父的回答很经典:"儿啊,我的工资虽然不高,但你要知道,我比别人多拿了几十年。一年几万,几十年就是几十万呀!世间最宝贵的是生命,许多人早已离世,可是我还健康地活着!"

"知足常乐"的心态不是表面伪装出来的,它是"宠辱不惊,看庭前花开花落"的悠然,是"行到水穷处,坐看云起时"的自在,是一个人阅历的沉淀!

　　建德很有商业头脑,这得益于他的阅历。

　　他从站柜台开始,因头脑灵活、工作认真,后被单位选送上海学习修理钟表。

　　建德是湖南广播电视大学首届计算机专业的毕业生。毕业后,先后担任过商场经理、百货公司业务科长等职,人脉广泛、业务精湛。

　　20世纪末,长沙县把县城搬迁到星沙,建德兄弟两人在此买了块地,建了三层楼房一栋。

　　房屋落成后,当时用一万元一年出租都无人问津,但建德不急不躁,静静守候。近几年房屋租金已超过他的退休金,目前仍有上涨趋势。他为此戏称自己享受公务员退休工资待遇。

　　建德曾带我看过他的出租房屋,坐落于繁华的十字路口,车水马龙,商铺林立,远远不是当初的孤寂荒凉。建德经商的精明和远见,早已得到圈内人士的肯定。

　　建德注重养生,"自信人生二百年"。

　　在2013年,我们50周年聚会时,面对一群50后,我致辞:"祝各位健康长寿,幸福一辈子,快乐每一天,再活五十年!"

　　建德信心满满,私下表示,要活过120周岁,对此我毫不怀疑。

　　这不仅因为建德的父母亲高寿,先天的遗传基因好,更因为他注意后天的保养,心态很好。

　　建德鹤发童颜、遇事理智,用他自己的话说:"感谢父母给了我一个好头脑!"

　　"心态决定一切!"积极的心态,不正是健康长寿的决定性因素吗?

从今年 4 月中旬开始,我尝试网络写作,给建德发了一篇《老姐》的习作。他的回应使我深受鼓舞:"振球,含着欲滴的泪水看完,尽管文中的许多我都知晓,依然十分感人,我认为完全可以发表。所展示的正能量比某些所谓获诺奖的文章要好得多,建议投稿,不为稿费,只为正能量。"

在建德和朋友的鼓励下,我创作的欲望仿佛一夜间唤醒了,《老同事相聚》《厉胖子》《狗哥》《修包记》《母亲的回忆》《童年轶事》《学友芝云》《王老师》《党员活动》《消失的小巷》《白寨小聚》……记录这些身边的人、平凡的事的文章相继问世。

更让我感动的是,建德不但认真地读完了我发的文章,而且他已将我所写文章全部保存。

老同啊,你保存的只是文章吗? 不,你看重的是我们超越半个世纪的友情!

这种友情因为至纯至真,似银色月光,让人温馨透明,内心温暖。

世界之大, 人海茫茫, 能穿越半个多世纪至今仍心心相印的朋友,是一种缘分!

树根

今年 6 月 11 日,儿时的班主任请同学们在"龙大师·开小灶"聚餐。这家餐馆我第一次听说,不识路,上网查了一下地图,位于左家塘前面一公交车站旁。左家塘知道,我的一位 50 年的老同事树根就住在那里。世界上就有这样一种朋友,无论相距再远,无论多久不见,都可以触景生情、彼此陪伴。

树根是家里的独生子,以此取名,也许是因为树根是树的根,是树维持生命的唯一途径。

当一棵树因为它的美丽而被世人赞扬的时候,人们往往忽略了承载这棵树的根本——树根。

树根总是默默地为树奉献,就像父母为自己的子女奉献一样,饱含了父母对孩子的大爱。

他们一家当时租住在永湘新街房产公司的平房内。树根结婚后,搬往左家塘 60 平方米的单位宿舍,至今近四十年。

我记得他父母的模样。母亲瘦高、身材挺拔,善言谈,做事麻利;父亲正好相反,背有点驼,沉默寡言,行动迟缓。听老伴说事,总是细声用"嗯嗯"声回答,从未见他大声说话过话。

一次我去他家，伯母生病，说想吃锅巴稀饭，树根不会做。我目睹过我母亲的做法：将饭先放铁锅里滚成团，起锅后，再放点开水擂碎，稠稠地弄了一小碗。她说好吃，夸我能干。伯父也朝我点点头，嘴里仍只有"嗯嗯"声。

　　草木蔓发，春山可望。人间烟火味，最抚凡人心。

　　树根的父亲是在睡梦中逝世的，为让其入土为安，他将悲痛放在心底，表面上不露声色。去乡下亲戚家做好准备工作后，才对别人说，父亲因病，想回乡下老家休养，实现了伯伯生前的心愿。

　　树根重情义。2017年，我外孙女果子在长沙市妇幼保健院出生，已近古稀的好友树根，偶尔听说，跑去医院五个产科挨个询问，好不容易找到女儿的病房，送给她一个大红包，还说他住得近，由他负责女儿住院期间的伙食……

　　去年，树根夫妇去南京女儿家居住。早几天，接邻居电话，长沙的住房水管爆裂，要他速回处理。回后检查自己家水管完好无损，且厨房无渗漏痕迹。检修工说，表面水管不漏，问题应出在靠楼板下面隐藏的水管，准备在他家开挖，告诉他，费用不会低于3000元。树根首先同意，然后谈了个人看法：如是我家水管漏水，愿承担一切费用，倘若不是，复原时的材料费用自己亦可承担，但人工费用由开挖者负责。检修工考虑再三，最后还是决定从二楼查起。结果敲开二楼住户家包着水管的建材后，发现里面的铸铁管有一条几厘米长的裂缝向外渗漏。他对检修工说："以后检查，应从渗漏的楼层开始逐层往上查找，不能想当然。现在是一楼反映楼上渗漏，你们不先查二楼却直接查三楼，有这样的检查吗？另外，要把事情真正搞清楚后方可通知业主的，你们未弄清原因前就擅自叫我从南京回长沙，让我这位七十多岁的老人白跑一趟。"

　　"当然私下对你说，我这一趟没白回，我们一年多未见，今天有幸相见，看到你身体健康，家庭幸福，我觉得值！"

他专程来了一趟我家，给我送来了水果和南京的特产盐水鸭。听他说，今晚回南京，我上午也专门去他家陪他聊天。问他每天如何度过。他说，接送孙女上小学，双休日去棋社下下围棋。问他水平如何，他说玩了三十年，现只是业余四段，"不过对我们这般年纪的人来讲，这样的水平还过得去"，言语中充满自豪感。

仔细端详着半个世纪的同事，感觉较一年多以前，他皮肤变白了，且光滑细腻。

五十年以前，我们从长沙招工到郴州工作，后来在鲤鱼江电厂工地、桥口二十五工区和辰溪861等工地都住在一个房间。为抢工程进度，我们曾奋战通宵，搅拌混凝土。收工时，两人全身湿透，站立互相对视，身上的汗珠直往下滴。

我1975年调回长沙后，有幸结识了劳动局一位领导，请他帮忙解决树根家庭的实际困难，领导告诉我商调函已发出……今天我们坐在了一起，风扇轻摇，凉风习习，半个世纪过去，弹指一挥间。

离开他家，树根送我到公交车站，我们不停交谈，仿佛有说不完的话。公交车启动后，他仍在站台对着我张望……

有人说，闭上眼睛还能在你面前出现的人，就是你的永远。

我会珍惜每个对我好的人，因为我知道他本来可以不这样做。

尹伯伯

  尹伯伯走了，无疾而终，于 2019 年 12 月 5 日凌晨 1:30 安详离去，享年 102 岁。

  尹伯伯是建德的父亲。建德是我少年同窗好友，因投缘，喜欢相互去对方家玩耍。每次见到尹伯伯，他总是满面笑容，笑对生活，笑对人生。那时建德一家五口全靠尹伯伯一人工资维持。人处逆境，遇烦心事，难免发泄。然而，我从未见过他发脾气。尹伯伯理智开朗，一直微笑前行，直至寿终正寝。

  尹伯伯好记性。建德收媳妇时，我们相见，他能叫出我的名字；他百岁时，我们再次相见，依然能叫出我的名字。比他小几十岁的人，几十年未见面，能张口叫上全名的不多，尹伯伯例外。

  尹伯伯看得开。几年前，有人问他："您这么大年纪拿这点退休金亏大了？"他答："世间最宝贵的是生命，我比别人多活了几十年，赚多了！"如今社会，身家千万者不计其数，百岁老人却凤毛麟角。像尹伯伯如此高寿，且心胸宽广的更少，不简单！

  尹伯伯有主见。他认为儿女各有各事，不可能时刻陪伴，亲人之间，有距离是福。故一到退休，坚持要住老年公寓。他不祝寿,不收礼,生前交代,后事从简。现一切遵照他在世时的意愿,尹伯伯安心。

尹伯伯是我们尊敬的长辈,更是我们学习的榜样。他乐观豁达,笑对人生,心宽如海,凡事看淡,值得我们永远学习。

心宽如海,面前才能风平浪静。心无阴雨,头顶就有艳阳晴空。

重德务实,言传身教;一生行好事,万古流芳名。愿尹伯伯天堂之路一路走好! 天堂没有苦痛,逝者安息,生者坚强!

游园赏花洋沙湖

　　曾听人说过,湘阴有一处不错的游园赏花场地,很想去看看,重阳节这天,学校帮我们实现了这一心愿。

　　我们乘大巴从河西漤湾镇出发,行驶一个半小时后,到达一豁然开朗之地,这里就是岳阳的湘阴城。在湘阴城区东南有片面积近万亩的天然湖泊,风景旖旎的洋沙湖国际旅游度假区就位于这里,沿水路可南下橘子洲、北上洞庭湖,真可谓人间胜境、世外桃源。渔窑小镇就坐落于洋沙湖国际旅游度假区核心处。

　　从高大的石牌坊进入,白墙黛瓦,小桥流水,曲巷深弄,枕河人家,立刻给人一种江南水乡风韵的惊喜。

　　渔窑小镇占地300余亩,依洋沙湖而建,是洋沙湖国际旅游度假区的文化核心及旅游集散核心所在,按功能划分为4个广场、43家明清合院,设计之初风格就遵循了一景一故事、一院一设计,洞庭湖渔文化和洋沙湖窑文化相得益彰,是一个集风情客栈、民俗戏院、渔窑文化馆、湖湘美食街等为一体的风情小镇。

　　渔窑小镇的"渔",则来自和橘子洲"江天暮雪"、洞庭湖"渔村夕照"等八景并称为"潇湘八景"之一的"远浦归帆"。宋代大画家宋迪在此绘下传世巨作《潇湘八景图之远浦归帆》,以其艺术性蜚声海内外,后来米芾作《潇湘八景图诗序》,马致远作《寿阳曲·远浦归帆》,有如一幅夕阳水村归帆图,显示出一片幽静美。酒家施闲、船未着岸、落花晚舍、卖鱼人散、闲适幽静,透露出隐士追求世外桃源境界的恬淡心境。

渔窑小镇的"窑",来自古岳州窑,历史辉煌,两千年窑火不熄。前些年,湖南省文物考古研究所召开 2014 湖南考古汇报会,会上公布的湘江流域古窑址勘探调查报告显示,洋沙湖一带拥有 10 余个汉晋至唐宋瓷窑和明清砖瓦窑址,是目前发现的湘江流域时代最早最为集中的青瓷生产区,彰显湘江流域成熟的青瓷生产技术。

行走在麻石青砖铺就的街道和广场,斗拱飞檐支撑的四合院商铺,屋檐高挑、原木门窗、灰墙青瓦,明清风格建筑"屋檐相连、沿河而居",过街砖拱洞横跨其间,精致的石拱桥、河埠头随处可见幽幽的水巷,瘦瘦的木篷船……显得那么安逸、和谐与宁静,展现在我们面前的是一派如诗如画的风光,水秀山清,垂柳拂案,绿影婆娑。

在宛若江南水乡的渔窑小镇里,渔窑文化博物馆、渔市、河神庙、戏院戏台、古塔、文化广场等建筑应有尽有,还有各样姿态的民俗铜像林立在街边,还原了旧时渔乡,生活在洞庭湖流域居民的真实场景,非常逼真,仿佛让人感觉是进到了影视剧中才能见到明清时代的片场,充满了穿越感。

小镇以洞庭湖渔文化和洋沙湖窑文化为灵魂,以明清合院风格群落建筑为载体,大泼墨构建 4 广场 43 院落,营造中国独有的历史文化、生态文化、快乐休闲、美食享受、亮丽时尚、诚信立业的特色风情小镇,尽显东方富贵的神韵和千年古镇的繁华。

小镇汇聚住宿、购物、休闲、餐饮等丰富业态,将千年古镇风味演绎得活色生香,让您畅游文化的"大观园",在时光隧道里玩穿越。

徜徉在湖边悠然自得地望天、看景，吟着元代词曲家马致远"夕阳下，酒旆闲，两三航未曾着岸。落花水香茅舍晚，断桥头卖鱼人散"的诗句，想象着当年每当黄昏，远山含黛，岸柳似烟，归帆点点，渔歌阵阵，等待归船的渔妇和企盼宿客的青楼女子站在晚风斜阳中，衬托出的一片温馨怅望的繁忙景象，猛然意识到：假如你想要寻找一个远离城市喧嚣、释解自身压力的环境，渔窑小镇不正是一处不容错过的诗意选择么？

在向阳人家吃过午饭后，我们乘度假区大巴再转乘"小火车"向五彩花田奔去。

一路上，秋风送爽、炎暑顿消，硕果满枝、田野金黄，空气中弥漫着一丝丝成熟和收获的气息，秋天的洋沙湖，直接把春季的生机盎然和秋季的硕累累迭加在一起。

"营造大地自然花海景观、生态花卉精品景观等花文化特色环境，打造集花卉观光、文化体验、婚纱摄影、活动拓展、科普教育、休闲养生等功能于一体的四季花海主题综合花卉旅游平台。"

这还是寒露过后的秋天吗？阳光明媚、微风和煦、山花烂漫、斗艳争妍……

脑海中油然浮现出王维的《画》："远看山有色，近听水无声。春去花还在，人来鸟不惊。"此处不就是诗中描绘的意境吗？它不只是画，比画更具活力：远看山有色，近听水淙淙；春去花还在，人来鸟无踪。

爱美的女士绝不会放过心仪的拍摄佳境，人在花丛笑，花在身边开，花花世界，惊艳时光——邂逅一群年逾花甲老人的最美年华。

这正是：重阳时节逛湘阴，游园赏花美煞人。渔窑小镇玩穿越，五彩花田拍写真。春风十里不如你，笑靥如花相映红。远浦帆归人称颂，潇湘八景扬美名。

再游黔灵山公园

2016 年 7 月 14 日,我们曾游览过黔灵山公园。当时,因一行人中,有人腿痛,为此,总共不到一小时,我们就出园了。园内绝大部分地方都没去,连走马观花都说不上。

房东告诉我们,要了解黔灵山公园至少要游三天。公园有弘福寺、麒麟洞、动物园等,都值得一看。

黔灵山公园为国家级 4A 级旅游景区,距贵阳市中心 1.5 公里,面积 6390 亩,是国内为数不多的大型综合性城市公园之一,以明山、秀水、幽林、古寺、圣泉和灵猴而闻名遐迩。

园内峰峦叠翠,古树参天,林木葱郁,古洞清涧,深谷幽潭,景致清远。自古是云贵高原上一颗璀璨的明珠,有"黔南第一山"的美誉。

2016 年 8 月 3 日,我们一行 6 人再次来到黔灵山公园。入园后,我们从东边向上,行至数百米,有路标指示:直走去麒麟洞,左转至步行隧道。

我们往左行,三岭湾步行隧道出现在眼前。这是一条穿越黔灵山的隧道,宽约 2 米,半圆形,路面由 40x40mm 灰色地板砖铺成，干干净净；两边洞壁为黄白色，上面有行人指向标，意在提醒游客，由于隧道狭窄，为了使游客在节假日人多时有序通行，所有市民过隧道靠右走。洞顶等距离装有白色照明灯，一眼望不到头。隧道内人来人往，人声鼎沸。

据传，隧道未开通时，人们翻山越岭，需要 2 个小时。十几年以前，这里有小火车通行，车票为 3 元，是公园连接黔灵湖的捷径。2004 年，铁轨拆除，隧道改为人行道，步行需 15 分钟，成为公园一道靓丽的风景。

从隧道出来，是黔灵湖。1954 年，黔灵湖拦大溪水筑坝而成，湖面积 420 亩。该湖黛锁翠围，波光粼粼，是典型的黔山秀水景致，有一种"山色空蒙雨亦奇"的意境。

黔灵湖西岸，建于 1956 年的"解放贵州革命烈士纪念碑"巍然矗立。台阶 6 层，最高一层耸立着高约 30 米的石碑。石碑顶端为两层，呈塔形，每一层均有四只翘角，下刻半圆形石花和一枚鲜红的五角星。纪念碑四周，青松翠柏环绕；广场两侧，桂花树郁郁葱葱。

向路人打听了一下弘福寺怎样走，得到指点后，我们又沿着抬头望不到顶的石阶攀登。

弘福寺位于黔灵公园内的黔灵山群峰中心，为贵州首刹。该寺建于公元 1672 年，由赤松和尚开创。"弘福"二字，乃"弘福大愿，救人救世；福我众生，善始善终"之意。弘福寺有三大建筑：大雄宝殿、观音殿和弥勒殿，另配藏经楼、毗卢阁等。各殿阁朱墙碧瓦，恢宏巍峨，雕梁画栋，曲廊迂回，蔚为壮观。

在弘福寺的石刻长廊上，刻有不少书法俊秀的经文和佛教经典，其中两首很有意思，抄录如下：

神秀大师：身为菩提树，心如明镜台，时时勤拂拭，勿使若尘埃。

六祖慧能大师：菩提本无树，明镜亦无台，本来无一物，何处惹尘埃。

这两段话源自一个广泛流传的佛经故事，温故知新，在游历中重新品读，觉得又别有意境，或有顿悟，可以品尝出其中的一些精妙……

五观堂位于弘福寺的最高处，这里是僧人、居士和游客吃斋之地。大门两侧有楹联一副：左联"五观若存千金易化"，右联"三心未了滴水难消"。大意为：吃一顿饭要把它与佛法结合在一起，如果能保持五观这个正念，即使硬如钢铁的食物也能消化；反之，如果内心有贪、嗔、痴三心，就是一滴水也难以消化。

斋饭每人 10 元。桌前，坐着一女一男两位僧人，用餐的游客排着队一个跟着一个，经过僧人桌前时，先交 10 元给女尼，领回餐券，游客将餐券交男僧，发给你一次性饭碗和筷子，拿着碗筷沿着另一处餐桌前走，如同流水线作业般，有许多居士或义工会将餐桌上不同的菜肴舀进游客的碗中，自己再去打饭。

我们到达五观堂时，还未到就餐时间，见许多游客在排队等候，我们也跟在了后面。

没多久，一身着黄色衣服的和尚，将就餐钟声敲响，只见一群同样穿着的和尚及身着黑色长袍的居士，排队进入五福堂。居士的胸前都别有一符号，上书："止语不对人言只对佛语。"这群人全部入堂后，门被关上，里面诵经声响起，他们对佛祖的虔诚，天地可鉴。

排了一轮队，打好了饭菜，此时天下起了小雨，我们只好找一屋檐避雨吃饭。

碗里菜肴丰盛，有包菜、黄瓜、莴笋片、米豆腐、茄子、白豆腐、红萝卜、土豆丝、酸菜汤等。

猛然发现，不远处的餐桌上，摆了不同品种的食物，近前一看，有棱皮豆腐、西芹、籽油姜、泡菜、苹果、杨梅、兰花豆、糖豆、软糖、海带丝等。老伴叫来了胡大姐。胡大姐仿佛发现了新大陆，感慨万分："我们宝里宝气，在这里吃排队领的饭菜，爬山爬饿了，净肚子撑，没想到那边还有这么多好吃的，又吃不下了！"

吃完饭，又喝了一碗热乎乎的米汤，见雨似乎小了一点，便慢慢沿着石头阶梯下山去。

下去十级台阶，在一处平地上，看到 1994 年 8 月由弘福寺全体僧众所立、刻有饮水思源的石碑。内容是：台北市华严学苑继梦法师募来三万美元建设弘福寺引水上山工程，改善常住生活，使后代饮水思源，功德无量，立碑永垂纪念。

"五观若存千金易化，三心未了滴水难消。"饮水思源，在重视修身养性的今天，我们应如何做，不是最好的答案吗？

过两天要去贵阳了，到时肯定又会去黔灵山公园的。公园内还有许多景点未涉足，这次一定要慢慢观、细细品……

修包记

旅游在外,挎包坏了——拉链合不上,背带断裂。原想在超市买几个燕尾夹,先凑合着将包夹住,但看了几家,没货。

我喜欢这包。它色黑不华丽,能装物显玲珑,可长可短,能夹能挎,内外五层,金玉其中。外出带着它,眼镜、钥匙、签字笔、证件什么的,收入其中,不显山不露水,使用方便。

找地方修理去。一天,我从英杰公寓行至中介路步行街一岔路口,猛见一上书"修鞋"的招牌,急上前去。摆地摊的是老两口。老大姐刚接过包坐下,把拉链一端拆开准备修理,突然起身,抓起折叠椅离开说:"城管来了,我们回避一下!"只见一男一女两个戴红袖章的人正向我们走来。懵懵懂懂跟着老两口朝巷内深处转了转,待城管离开,我们才返回原地继续修包。

老大姐麻利地将挎包的链条合上,用手工一针一线地缝好端口后,往回拉了一下,拉链又裂开了,原来链条已坏。"能换链条吗?"我问。"能,但要带回家,一时半会弄不好。""我明天来拿行吧?""没问题!""这是今天的修理费,请您收下!"按事前的价格,我付了老大姐3元钱,说:"明天的修理费是多少,我现在给您。"

第二天清早,我随团参加了海口至文昌的一日游活动,返回旅馆时,天已黑,只能等天亮去领挎包了。

次日早上八点,我来到步行街摆地摊的地方,老两口不在,我想:前天修包时,我怎么不问他们家住哪,这阵子去哪里才能找到老两口?我的挎包啊!

在包里,我还放有两枚中国人民抗日战争暨反法西斯战争胜利70周年纪念币,那是我旅游前,好不容易在家乡排了一个小时的队才买到的。因为珍惜,把它放在挎包的内层口袋,修包时忘记拿出来。

我后悔、懊恼、自责,胡乱走了一圈,转到岔路口时,见到两个熟悉的背影在向街口张望。"大姐!"我叫了一声,赶快迎了上去。"你来了,我们昨天等了你一天。你站这儿,我们回家给你取包去!"

等了五分钟,没来,心平如镜;又等了五分钟,仍没来,心如波涌。"我为什么不跟他(她)们一起去?""要你等你就等怎么这样呆滞!"约莫一刻钟,总算瞧见老两口拿着一大堆东西过来了,有修理工具、打气筒、内胎、铁砧板、折叠椅等,其中老大哥肩上挎着的正是我的挎包。

人就是这么奇怪,没见着呢,充满渴望,一经相见,又漫不经心。待老两口走近,我才上前道声"谢谢",接过包,将准备好的修包费交给二老,打开拉链小心查看。

没想到过了两天,我再次见到了我珍藏的纪念币,它依然悄悄地躺在挎包里。我暗自庆幸,对修包师傅的敬意油然而生。

在返回公寓途中,一组题为《社区精神文明成果书画、摄影作品展》的板报正陆续在街道中央摆放,引来路人驻足观看。我仿佛今天才发现,整条街道未见一丁点纸屑、烟头,蓝天白云的海口是如此的净洁、美丽!

建水行

　　养护院原来安排我们 7 月 11 日去建水的,因下雨没去,22 日方成行。

　　建水风景名胜区,距昆明 299 公里。景区包括中国历史文化名城建水古城和国家风景名胜区燕子洞两大部分,面积 115.5 平方公里。建水古称临安,自元代以来就是滇南政治、文化、交通中心。这里有保存完好、规模宏大的文庙,以及朝阳楼、双龙桥、指林寺、朱家花园等一大批古建筑。全县有古寺庙近百所,还有许多保存完好的古式民居,堪称"古建筑博物馆"。

　　燕子洞是"亚洲最大、最壮观的溶洞之一",春夏有百万只雨燕飞舞巢居。这里有采撷燕窝绝技、钟乳奇观、峭壁悬廊等,每年吸引着无数中外游人前来一饱眼福。因时间关系,此次我们未去。

　　7 月 22 日,我们分乘三辆小车于上午 8:44 出发,近 11 时到达并入住临安故事客站。

　　午休后,13:20 左右,大家结伴去朱家花园和文庙。

　　朱家花园,为建水世代古民居建筑艺术遗产,位于建水古城中心翰林街中段,是清末光绪年间朱氏族人耗时 30 余年建造的一座百年历史私家豪宅。整座建筑坐南朝北，占地面积两万多平方米，其中房屋建筑面积5000多平方米，有大小房舍214间，天井42个。

其主体建筑呈"纵四横三"布置，为当地"三间六耳三间厅附后山耳，一大天井附四小天井"式传统民居并列联排，又变通组合而成的大型建筑群体，分为内宅院、宗祠、后花园。宅院内宗祠、绣缕、商铺、水榭、花厅、池塘、竹林一应俱全；院落纵横有道，房舍鳞次栉比，厅堂布局巧妙，空间景观层次丰富；门窗枋板、柱础栏阶，无不精雕细镂，文气盎然，被誉为"滇南大观园"。它既有皖南民居的精致，晋中大院的气派，又有苏州园林的灵秀，融会了中国传统民居建筑的精彩，门、窗、檐、梁、柱、础、栏、屏精美，一步一景、步移景换。走进这座大宅院，一个大家族的历史，仍在车马喧哗的都市里静静地展示着往日的辉煌。

文庙，始建于元代，规模仅次于山东曲阜孔庙。以庙为学，是开启建水教育先河，兼有祭祀孔子和推广儒学功能的礼仪性建筑。其祭孔仪式分为巡游、迎圣和祭祀三部分，把展示祭孔的盛大历史场面与地方特色结合起来。内有一殿、二庑、二堂、二阁、三祠、八坊，相互对称，矗立于苍松翠柏之中。庙内有一个椭圆形大池塘，名叫"学海"。正殿先师庙，为明朝重建。殿周有20根大石柱，每根高5米，重约万斤，用整块青石雕成，其中两根有镂空雕刻的巨龙盘绕。屋顶全铺五光十色的琉璃瓦。正殿大门的22扇屏门上，雕有近百种飞禽走兽，工艺极精细。

晚餐后，18:30，我们乘车去古城和朝阳门。

建水古城又称步头，亦名巴甸，是一座历史文化名城，距离昆明以南220公处。建水城最早是南诏时修筑的土城。南诏政权于唐元和年（810）间在此筑惠历城，属通海都督。惠历为古彝语，就是大海的意思，汉语译为建水。元时设建水州，属临安路（路治在通海），并在建水置临安广西元江等处宣慰司，统辖临安、广西（今泸西县地)、元江等路。明代仍称建水州,改路为府,临安府治移至建水。明洪武二十年(1387)扩建为砖城。城周六里三、城墙高二丈五尺,四门有城楼,楼为三层,各高四丈,非常壮观。乾隆年间改建水州为建水县。民国元年改建水县为临安县,次年复称建水。

建水人文鼎盛,在元代就始建庙学,明洪武年间建临安府学,万历年间建立建水州儒学。清代先后建立了崇正、焕文、崇文、曲江四个行院,境内人才辈出。当时建水有"临半榜"之称,即云南科举考试中榜者中临安府要占半数,堪称云南之冠,故而有"文献名邦""滇南邹鲁"之美誉。

1994年,建水经国务院批准定为第三批中国历史文化名城。其古城历经12个世纪的建设,至今保存有50多座古建筑,被誉为"古建筑博物馆"和"民居博物馆"。

朝阳楼,亦称东门楼,始建于明朝洪武二十二年(1389),比北京天安门早建28年,至今已有600多年的历史,是祖国边陲古老军事重镇的象征,为建水的标志性建筑物。

600多年前,明军平定云南后,设临安卫,筑临安城,并在四座城门上各建楼三层,东门叫迎晖门(即朝阳楼),南称阜安门,西为清远门,北名永贞门。清顺治丁亥年(1647),南西北三城均毁于战火,唯东门朝阳楼完好无损。

600余年的朝阳楼,历经了无数兵灾战乱,饱受了50多次大小地震的颠簸,有几次全城房舍遭到严重损毁,尤其是清光绪十三年(1883)十一月二日的大地震。《建水县志》载:"每震时地如雷鸣,人民簸荡如载覆舟,见东门城楼倾侧复起数次。"然东门楼却安然无恙地挺过来了,明朝洪武二十五年铸造的高2米多的大铜钟,也完好地悬挂在古楼大梁上。原来这古楼系用48根巨大木柱支撑,分成六列阵势,每列各有8根,中间两列最粗大,直通三楼;其外两列木桩稍细,只通二楼;最外面两列柱围更小,仅支撑一楼屋檐。这种结构法具有强大的抗震性能,故前人有《登东城楼》诗称赞道:"形胜据荒陬,翻身近斗牛。东南几属国,今古一高楼。"

朝阳楼城门占地2312平方米,城墙从南至北长77米,从东至西宽26米。城门依地势筑于高岸,楼阁又起于两丈多高用砖石镶砌的门洞之上,楼层高24米,为三重檐歇山顶。檐角飞翘,画栋雕梁,巍峨挺拔,气势雄伟。三楼屋檐下悬挂着"飞霞流云""雄镇东南"的巨字匾额,是唯一幸存的清代四大榜书之一。檐角挂有铜铃,每当秋风送爽,铃声在清风中清脆悦耳。春夏之间,万千筑巢于檐下的紫燕绕楼飞鸣,呢喃之声不绝于耳,景致蔚为壮观。城楼上木雕屏门雕镂精细、奇丽华贵,人物形象生动、透雕三层,堪称精品。

雍正《建水州志》载:"东城楼(朝阳楼)高百尺,千霄插天,下瞰城市,烟火万家,风光无际,旭日初升,晖光远映,遥望城楼,如黄鹤,如岳阳,实为南中之大观。"有"雄踞南疆八百里,堪称滇府第一楼"的美誉。东门的红墙中央留有出入的门洞,门洞上方写有"迎晖门"三个金字,"晖"是指阳光,太阳从东方升起,东门迎晖,非常妥帖。因此,迎晖门上的城楼,也就成了朝阳楼。

在城楼的第三层屋檐下,正面悬挂着白底黑字的"雄镇东南"四字大匾。此四字端正凝重、遒劲有力、魅力四射,是清代在滇南颇有名气的书法家石屏人涂晫所书。在背后一面,也悬挂着四字匾,上有龙飞凤舞般的"飞霞流云"四字,据说是号称"草圣"的唐代大书法家张旭的字迹。在每一层的屋檐角,都挂有风铃,清脆的铃声叮当有序,随风送远,颇有韵味。

楼的里面,两边各有对称的石阶转折上楼。登上城楼,映入眼帘的是《重修朝阳楼碑记》和一口大铜钟。碑刻记的是朝阳楼的修建和至今的六次重修。

现在一楼的内外均是茶座,里面是有地方歌舞花灯表演的茶座。二、三楼则是建水历史和风景的文字解说和书画、照片展。在楼上,俯瞰建中路和东正街川流不息的人群和车辆,遥看鳞次栉比的城市建筑,会有屈原"世人皆浊,唯我独清"的感慨。

第二天上午 8 时 30 分,我们乘车去双龙桥。

双龙桥,俗称"十七孔桥",是座三阁十七孔大石拱桥。它坐落于建水古城城西 5 里处,横跨泸江与塌冲河交汇之水面上,是云南省著名古迹之一,已列入中国造桥史册。

双龙桥位于建水城西 3 公里的泸江与塌冲河上,因两河蜿蜒如龙,故而得名。桥长 148 米,宽 3 至 8 米,高 9 米,是云南省著名的古迹之一,已列入中国造桥史册。桥中建有三座飞阁,桥楼相映,蔚为大观,不失为我国造桥史上极为珍贵的杰作。两端飞阁略小,居中一座大而壮观,素有"滇南大观楼"之称。1965 年我国著名桥梁专家茅以升前来考察,将其列为全国大型古桥之一,遂被定为云南省重点文物保护单位。

双龙桥雄伟壮丽,如长虹卧波,倒映于水天一色之中。高耸的飞阁在绿野的包围中,仿佛是静静的碧水湖面上飘来的一艘大船。我们走近拱桥,可以看到楼中有楼、檐外有檐,雕琢精美;漫步桥上,恰似复道行空。泸江、塌冲二水从远方滚滚而来,在脚下汇合又一泻千里。走进桥上的楼阁,更可以品味到桥的别致,工艺精湛,布局得体。小的楼阁为重檐攒尖楼阁,檐角高翘。大阁是三层檐的方形主阁,屋檐层叠、檐角交错。登楼而上,还可以欣赏楼内的漏窗屏门,空镂花卉、鸟兽、游龙、神像,油然对古人的高超技艺惊叹不已。

正如碑记中所称的:"桥上建有飞阁三座,中间一阁层累为二,高接云霄。更加左右两阁,互相辉映,巍巍乎西望大观也!"

双龙桥是云南古桥梁中规模最大、艺术价值最高的一座多孔连拱桥,它承袭了我国桥梁建筑风格的特点,融桥梁建筑科学和造型艺术为一体,凝聚着滇南人民高超的技术和聪明智慧,其建筑规模和艺术价值在国内屈指可数,在我国古桥梁史上占有重要地位。

在建水,有这样一条街:不论它展示的是地域文化、美食、艺术,或是情感,走近它,你就能收获属于它的文艺与温暖,它就是紫陶街。这是一条古典浪漫的街道,青砖灰瓦的建筑元素,以及古典浪漫风情营造出独具特色的建筑装饰风格,用以承载千年紫陶的文化底蕴,相得益彰。

街道上还保留着原工艺美术陶厂曾使用过的大烟囱以及一座推板窑,像一间一间紫陶博物馆。来到这里,可以深刻地感受到紫陶文化的神奇魅力!

走进紫陶街,你会发现,在这里,街道将花草、紫陶、建筑完美地融为一体,让你有种不用说话,只需静静站在那儿,就已经十分美好的感觉。街道旁的小店各具特色,门前鲜花簇拥,门内各有千秋。虽然店有大小,但里面有趣的物件却丰富得让你应接不暇,壶、杯、盆、碗、碟、缸……精美绝伦,每一个都让你有种收入囊中的冲动。

茶亦醉人何必酒,书能香我不需花。此刻,一种愿望,油然而生:愿你在这条温暖的街,收获温柔的物,碰上温馨的事,遇见温婉的人。

我们恋恋不舍地结束建水之行,乘车回养护院。

途中,解院长领着大家参观了开元凤凰谷养护基地,受到热情款待。这种用高汤精心烹制,放入鸡肉、银耳、肉皮、红萝卜丝、白菌等码子的米粉,受到老人们发自内心的称赞,都说这是有生以来吃得最享受的一次米粉!

显然,我们对于旅行和风景的爱,不止在镜头里,而是藏在有深度的了解和感知的背后。

这世上最美的并非照片本身,而是它帮你留住的记忆。

回眸花溪

来贵阳三天了,老两口商量,今天去光顾一下花溪牛肉粉店。

该店位于清溪路以西、贵筑路以北。刚出门,手机铃响,来者自称小区老年人日间照料中心的蔡经理:"您昨天不是来过我们店就餐吗?对不起,昨天我不在。我们店新来的工作人员不知道优惠政策,多收了您的钱,您什么时候来我店一趟?"

是的,昨天,老伴去小区门口购物,忽然发现了这家餐馆。她回来告诉我,小区有公共食堂,在这里吃饭,老年人优惠多多,菜品丰富,感觉不错,建议我们也去品尝。昨天下午,我们带了身份证前往该店就餐。

点了三道菜:豆豉肥锅肉(26元)、炒小白菜、大白菜蛋花汤(各12元)共50元。按65岁以上7折优惠,35元即够。我给了大厨50元,并掏出身份证请他过目。他说,给老年人的优惠,仅限于价目表上的粥和稀饭,不包括饭菜。我说,贵店的名称为老年人日间照料中心,你们的优惠应该涉及店里的所有商品,怎能只是几元钱的供应品呢?我的消费金额虽然不多,但这事关诚信问题,请你们考虑!一位女服务员马上给经理打电话,说打不通。有就餐的顾客提出,让我们留下电话,待向经理请示后,再回复我……

没想到这么快就收到经理的道歉电话,且态度诚恳。

花溪大桥西侧,花溪公园南向有一条"T"型商业街,街口北向,西头紧邻园内的花溪河。

这是一条安静的河,碧绿的河水在微风的轻拂下,泛起一片片细密而整齐的波纹,宛若金鱼的鳞片;凉亭、树木的倒影也一波一波地在河中翻动,与喧嚣的商业街形成鲜明的对照。

街道两旁全是小商铺。往年街道中间仅摆有几个诸如缝补衣服、修锁配钥匙的固定摊位,今年摆摊的特别多。街道的东西两侧,有两家著名的牛肉粉店,一家名为"花溪王记牛肉粉店",另一家叫"花溪飞碗牛肉粉店"。西边的那家,招牌为红底黄字,东边的那家招牌为蓝底白字。两家的生意历年来一直红火,凡来花溪的人,很少不去光顾的,今天更是人气爆棚。

在门口的收银处买票后,即去操作间窗口排队端粉。操作间内有 5 位大姐在忙碌,有的下粉、有的放码、有的切肉、有的配菜、有的收票吆喝。大家各司其职,配合默契。店内另有几名收拾碗筷的阿姨,顾客离席,马上清理,行动麻利。

我们原打算要一份 39 元的"全家大",又担心吃不完,最后买了两份 14 元的牛肉粉。

牛肉切片大而薄,碗内放了可口的酸白菜。餐桌上摆放着辣椒粉、孜然粉和大蒜仔,顾客可随意享用。

汤很鲜美,咸淡合适,加上心情舒畅,胃口大开。

刚离席,座位马上被等候的顾客占用。虽不断有吃好的顾客离开,但似乎进来的更多,店内总是满满的,人们期望而来,满意而归,花溪牛肉粉,声名远播……

回眸花溪,心旷神怡!

金阳行

今天有幸乘专车去了一趟贵阳西南国际商贸城,出发迟,返回早,新姑爷坐轿——头一回。

老谢周姐夫妇从长沙开车来贵阳避暑,听说我们想去金阳购物,非要开车陪我们去,盛情难却,恭敬不如从命!

我们9点过5分从中铁城动身,走花溪高速经贵阳西收费站到达目的地时,仅用了25分钟,比以前乘公交车来这里省时近一小时,爽得很!

我们是去年在中铁城小区散步时认识他们的,在异地同为家乡人使我们很快成为朋友。去年离开贵阳时,他比我们早回长沙,留下一盒鸡蛋给我们,说吃不完,怕坏。两个月以前,周姐独自一人来此住了一个月,照她的话说:"我像跑大路一样,想来就来,想去就去,退休了,有的是时间!"这次他们来贵阳比我们晚几天到。

贵阳西南国际商贸城,位于贵阳市金阳新区西南部、金阳客车站对面。规划面积约10平方公里,投资总额600亿元,总建筑面积约1420万平方米,是一个集市场经营、国际贸易、现代物流、电子商务、次级CBD于一体的大型综合性商业集群。

这里仿佛就在一座业态齐全的"超级步行街",时尚而现代。6栋楼总面积超过200万平方米的大型商场,围绕着杭州路、苏州路、温州路,整齐有序地排列在道路两旁,总体呈长方形,每栋楼之间,走路间隔约3到5分钟。

在西南商贸城,小到一根针,大到衣服、鞋子、冰箱、彩电,应有尽有,而且绝大多数都是总代理或者厂家直销,价格相当实惠。

大楼所经营的商品,虽你中有我,我中有你,但仍各具特色。

一号广场为精品服装城,主营鞋类。二号广场是小商品百货城,主营皮草。三号广场为精品服装城。四号至六号广场分别称五金家电酒店用品城、酒博会交易城和家居建材城。

完美的购物搭配,除了衣服,当然离不开脚上的鞋子。一双舒适的鞋子,才是漫步舒适的关键。在这个广场里,从皮质上乘、做工考究的进口皮鞋,到主打价廉物美的休闲鞋,男女老幼各年龄段、各种功能的鞋子都可以寻觅得到。

位于二号广场的皮草店,大多是海宁商家做直销,此起彼伏的浓厚江浙口音,让人感觉乾坤大挪移,到了海宁当地的皮草城。

除此以外,数码产品、文体用品,还有生活中需要的各种小百货,在这栋楼也都可以找到。

"你们熟悉这儿吗?我们是第一次来。你们想买的东西在几号广场?"老谢问。"二号和四号广场都有。"我说。

车停在二号广场的地下车库,因我们都是第一次在此泊车,担心取车时找不着,我默记了车库停车的标识,乘第6号电梯上到一楼。

二号广场地上6层,每层楼都有ABCD四个购物区,每个购物区又有东南西北方位,每个方位又分按自然数编号排列着各种各样的商铺。它们如同棋盘,纵横交错,四通八达,叫人眼花缭乱。

在一处商铺花10元钱选了3只茶杯,老谢叫我们返回时再买,说路上难得拿。我说这里太大，返回时不一定能寻到这里。以前我们在这里购物遇到过这种情况。在此，还偶遇心仪的小塑料凳，马上买了一张带上。边走边看，见到采购计划中的浴室用的防滑垫，又买了一张。女老板说，今天刚开张，只收30元。经丈量、裁剪、卷上，又找来塑料绳子系好，交我手上。手脚麻利、动作连贯、服务周到、给人温暖。从二号广场出来，我们又走向四号广场。

四号场馆主要售卖五金机电用品和酒店内需要的绝大部分用品。

老谢在一处商铺买了全棉白色袜子一包(10双)，告诉我，这种袜子质量好、便宜，一包45元，每双4.5元。在从众心理驱动下，我也买了一包。不过，我自以为没买对，我只配穿黑色的，经脏！在此，老伴还买了100个红、黑两种颜色的垃圾袋，共8元，平均每个才8分钱。

见时间不早了，价格更加亲民的六号广场都没来得及去。

我提出到三号广场负一层美食街吃中饭。三号广场的服饰，除了一二层的男女精品店，最受青睐的还有4楼的"婴幼儿童装精品世界"，这里汇集了95%以上全省孕婴童用品批发商和许多国内外孕婴童品牌都有。

美食街品种丰富，有牛羊肉粉、浏阳蒸菜，各种包点、饨馄、奶茶、烧烤等。见门前写着"温州饭庄快餐连锁三分店"字样的餐馆，我们便入店点了辣椒炒肉、红烧鸡丁、炒鹅肠、油淋辣椒和冬瓜排骨汤各2份，白米饭4碗，两对老伴花120元吃得津津有味。休息了片刻，我们决定返程。

曾上网查到有5层立体交叉、11条匝道、8个出入口、最大垂直落差为55米(相当于18层楼高)的中国最复杂立交桥——贵州黔春立交桥。老伴提出想去现场开开眼界，老谢应诺，通过导航，选择了经过此桥的线路。不料途中有点犯困，路过时，错失良机。老谢说，网上图片是无人机拍的，我们坐在行驶的车内，看不到这种效果。这也许就是"不识庐山真面目，只缘身在此山中"吧。

老谢一直将我们送到居住栋的地下车库,下午 14 点,金阳之行落下帷幕。

有机构统计:"人的一生会遇到 8263563 人,会打招呼的是 39778 人,会和 3619 人熟悉,会和 275 人亲近。但最终,几乎都失散在人海。"

我们这一生,总是在不断遇见,也在不断分别,珍惜当下就好。

长沙星下明月池旁，难忘的仁兴园巷

明月池在五一大道北侧，藩城堤下，为一弯形街巷。明崇祯《长沙府志》载："明月池世传在长沙星下，故不涸。宋政和中令取酸陵明月石置他上，因名。"

从藩城堤沿十八墩直走称明月池，它右边的第一条巷叫明月池仁兴园。

我在仁兴园巷生活了 28 年，熟悉这里的一草一木。我生于斯长于斯至 28 岁结婚时离开，以后几乎没来过。重返此地时，它已面目全非：房屋拆迁，人员离去，那些曾经稔熟的一切，只能在梦中再现……

仁兴园共有 23 户人家，下面 15 户，堆上 8 户。仁兴园 1 号住着陈姓和顾姓两家，陈姓大爹曾在儿童用品商店工作，精明矮胖，外出总是拄着一根拐杖，停下时，习惯用杖敲击地面大声说话。顾姓大哥又高又瘦，在织布厂工作，说话有点口吃。陈大娭毑操外地口音，我们总听到她呼唤小儿子的声音："建士好吔——"

1 号家门口有几级阶梯，儿时，我喜欢在这里玩耍。某天，我双手朝后，并拢双脚从最下一级阶梯朝上蹦跳时，下巴磕在最上一级阶梯的边缘上,顿时血流如注。陈大娭毑脸吓白了,大叫:"杨满娭毑快来啰,球球绊倒哒!"我妈闻讯赶来,一把抱起我直奔医院……

2号户主姓袁,多年双目失明,老伴去世早,一人独自生活。有一天我看见他刮胡子时满脸是血,很可怜,自己又不能帮他,只能力所能及为他做别的事,如倒垃圾,牵他外出算命等。为此,曾在学校周会上做过典型发言,受到大家赞扬。

我家是3号,是整个明月池街房屋最高的一户。我父亲兄弟多人,均从事建筑行业,泥、木、副工都有。他们没有分家,齐心合力建了这栋3层楼的纯木结构房屋,大小7间。一楼3间,依次为厨房、客厅、卧室,二楼、三楼每层楼2间均作卧室用。

我家的厨房为4号,大姐结婚时曾作为婚房用过。

紧挨厨房的隔壁邻居戴大娭毑有四儿一女,除长女长子独立居住,全家5人都住在5号房内。那里只有一间房,房中搭有一阁楼,三个儿子就睡在阁楼上。老三森林哥是巷内的孩子王,喜欢自制酸梅汤叫大家一起分享。比较老四老五,森林哥明显要矮许多。为此有人问他原因,他回答诙谐:"此事要问我爹妈,我出生时连自己是谁都不知道。"

住6号房的,男的叫迪哥,女的称爱姐,分别在织布厂和塑料厂工作。迪哥喜欢画虎,每完成一幅画,都喊我去看。爱姐太操心,大女儿杏妹子结婚时,告诉她洞房琐事,被隔壁听到,成为笑料。

春哥住7号,他是戴大娭毑的长子,是电工,身上长年累月挎着电工工具,哪家有线路问题,找他随叫随到。"春哥,有一特点,拉得快,每次不会超过两分钟。"这是春嫂金莲姐透露的。

寿大爹老两口住8号,寿大爹是泥工,比老伴大十几岁,典型的老夫少妻。我一直叫他老伴为寿嫂子,不仅因为我的辈分大,巷内许多人都叫我球叔,而且,她的大女儿狗妹子嫁给了我的侄儿。

9号住的是喜姑娭毑,她有一只眼睛失明,我叫她的两个儿子为斌哥、华哥。有一次,我捡到一只义眼,戴着玩,被她看到,叫我给她。说来也怪,她放进那只失明的眼眶内,一点也不显形,仿佛天生就是为她准备的,不像我戴着,变成鼓眼泡。有人问她感觉如何,她说:"有三分亮。"为此,她给了我2元钱。在那时,2元钱不是小数目,我记得春哥结婚时,左邻右舍送的都是5元能喝喜酒的。

邓姐住10号,她是我市知名艺人。老公老余是宁波某单位的技术员,曾安排在街办厂做事。

"球球,你良心好,好人长命百岁!"这是住在11号的刘三娭毑说的,因我救了她儿子。刘三娭毑的儿子大我三岁,我叫他狗哥,但因爱情受刺激患了精神病,他娘经常叫我带他去医院看医生。一次我带他去烈士公园玩,路过人工湖时,见有人游泳;他说也想玩水。找一僻静处,见水中有两棵树,我对他说:"你站在第一棵树前先别动,等我游到第二棵树,咱们面对面时,你再向我游。"我还未到达第二棵树,突然听到后面有人喊我的名字。我回头一看,狗哥身体正往下沉去,一只手露在水面。我只会狗刨式,当时的想法是,他是我带出来玩的,要死一块死,要活一块活!我一个猛子扎向狗哥,托他往上推。他站了起来,用手抹着脸……总算"捡回一条命"。几天后,当我将此事告诉刘三娭毑时,她对我讲了以上的话。

12号和13号原来是两间茅草屋。12号的户主齐娭毑,是我们巷内年龄最大的老人,矮小,精致,三寸金莲,嘴上长着一颗肉痣。齐娭毑走后,电工李师傅买了她的房子,与隔壁的温三爹拆除了茅屋,在原来的地基上,各自建了一栋两层楼的房子。李师傅当时运了许多瓷保险插座做地面,成为我们巷第一个地面贴瓷砖的人。温三爹在甘长顺面馆工作,我们欣赏过他两手托着许多木板,一层送着一层,上面放着30多碗面条的工作照。

王姑娭毑住14号,为我们巷年龄仅次于齐娭毑的长者。她与侄儿王大哥、侄媳玉珍姐一起生活。后来患病卧床不起,是王大哥夫妻精心照料多年后安详离世的。临终时，她身上干干净净，没有褥疮，邻居们都夸王大哥夫妇孝顺。

我称之为同年妈妈的任大娭毑门牌号为 15 号，老两口无子女，丈夫任大爹为水上派出所厨师，身材高大，声若洪钟，老两口住一栋两层楼的木板房。有一天，此房二楼掉了几块木板，我说由我维修。我见过堂兄维修我家木板房的工艺，把爬梯平放，用绳子绑紧，系在墙壁的直柱上。为防绳子下滑，在绳子下方的柱子上钉上钉子，从上往下施工钉木板，一排压一排，照此移动爬梯直至完成。那时十几岁初生牛犊不怕虎，现在再让我干，也许不敢，毕竟岁月不饶人。

门牌号从 16 号开始到 23 号，我们叫堆上，地势比巷内其他地方高，而且大部分家庭门开的方位由南北朝向变为东西朝向。

李满娭毑是堆上第一户。他的大儿子贵秋曾是营业员，某次将一批紧俏商品敞开卖给了路人，好在他自己没谋私利，单位除批评了他，也没再什么。他下面有弟妹三个，大文香、细文香和满妹金香。在大文香 15 岁时，他的亲生父母找来了，闹得沸沸扬扬，我们才知道他是带的。大文香坚决不回亲生父母家，最后是如何收场的，我不知道。

方师傅住 17 号，是拖板车的搬运工人。他有两个儿子，小儿青伢子会读书，后来考取了清华大学，成为我们巷子里唯一一个长沙市的高考状元。

18 号住的是余大娭毑。这房子原是一位彭姓人家的，彭老去北京子女处长住将房子托给余家看管，后来彭老去世，他儿子专程回长处理住房，据说是余家用钱买下。

航运局员工陈茂爹住 19 号。他水性好，一生救人无数，最后一次救人时，自己再没走上岸。出葬那天，几乎全街出动。

门牌 20 号住有郭姓、陶姓和佩蓝三家。郭满爹在饮食店工作。有一次我去他的店子买糖油粑粑,他给我舀了满满一茶缸红糖,搞得我很不好意思。

贺二娭毑家是 21 号,她家的房子有两张门,一张在明月池正街,另一张在堆上。房子通透,利索。她有一个比我小几岁的女儿在安化一军工厂工作,我从外地回家探亲时,她叫我帮忙给她女儿写信。她说喜欢我,如果我和她的女儿有缘,就将这套房子相送。

瑞初哥是寿大娭毑的亲弟弟,是 22 号的户主。他的儿子伟建鸿运当头,刚从一中毕业就留校当了体育老师。

门牌 23 号是王三娭毑。丈夫王大爹曾在凯旋门照相馆工作,独生女儿兰兰长得高挑、漂亮,婚后,不幸落水意外死亡。王三娭毑天天以泪洗面,落下眼睫毛往里长的毛病,经常叫我细姐去给她拔。不久老头子走了,两个姨侄常来这里帮她干家务活。

邻居都喜欢听我讲故事。夏天,家家都将竹铺子摆在自家门口歇凉。街上的小伙伴们总叫:"球叔讲故事啰!"打扇的、端茶的全有。一到傍晚,陆续各回各家,很少有人在门口睡通晚。晚上似乎没有蚊子,很舒适。静谧的夜晚,经常传来优美的二胡声,那是巷外麒大大在拉《赶集》《山村变了样》或《良宵》《病中吟》等名曲。麒大大是我的小学同学,几十年未见,今年班主任老师请客使我们有幸在一起聚餐。

仁兴园巷,我们的长辈全部离去,同辈如建士、狗哥等也走了。因拆迁,昔日的小巷无处寻觅。

尽管如此,每当想到它,我脑海里总会浮现那一张张熟悉的音容和笑貌,一首耳熟能详的《父老乡亲》歌曲油然在我耳边唱响:"我生在一个小山村,那里有我的父老乡亲。胡子里长满故事,憨笑中埋着乡音,一声声喊我乳名。多少亲昵,多少疼爱,多少开心……树高千尺也忘不了根。"

游贵阳阿哈水库

好友老谢、周姐夫妇邀我们去阿哈水库。上午 9 点，老谢已将车开往小区车库等我们。

"我们走竹林村，那里植被丰富、车少人稀，是大自然的氧吧，尤其像这样的麻风细雨天，更是不可多得！"老谢开启导航，边开车边说。

这是一条双车道宽的老公路。路边树木茂盛，绿草茵茵，空气中弥漫着淡淡的草的清香。20 分钟左右，我们到达阿哈湖国家湿地公园。

贵阳阿哈湖国家湿地公园位于贵州省贵阳市西南部，涉及云岩、南明、花溪、观山湖 4 个区，范围东起贵昆铁路、贵阳枢纽线、车水路，西至贵阳绕城高速公路游鱼河大桥上游，南达金竹社区新中寨、李家庄，北到白岩河、金钟河入库口以及蔡家关社区。湿地公园南北长 6.5 公里，东西宽 6 公里，包括阿哈水库及小车河流域迎水面第一重山脊，总面积 1218 公顷。

入口处有体温监测点，两位工作人员正认真地履行着自己的职责。将小车停在入口处对面坡上水库管理处旁边后，我们步行入园,沿着一条干净的林荫大道游览。

大道的左边是米克小镇,那是儿童游乐园。

该园建设规模 10 余万平方米,有疯狂列车、袋鼠跳、梦幻世界等 10 个疯狂刺激的娱乐设施,还有儿童喜欢的音乐喷泉、画室及 DIY 手工坊。

过小镇抬头远望,"阿哈水库"四个白色的大字在绿色的植被衬托下分外夺目。库顶上空,灰白和淡墨色的游云缭绕,仿佛在白色的画板上涂抹着深浅不一的墨迹。

转入右边是青石板铺着的小道,草坪、树木、远山,满目都是绿色,充满活力与希望。

忽然传来"哗哗"的流水声,顺着声音寻找,是水库在放水。它从阶梯形石壁的许多孔隙中不断流出,汇成瀑布,伴着轰鸣,飞流直下。流经下一级阶梯,化成细流,宛如纺织出的细纱不间断地落入下一级阶梯,与那里石壁孔隙喷流的水柱融合,再次汇成次级瀑布,奔腾向前,形成白色的乳沫流入水库下面的小河,变得安静,汩汩前行。

沿河是一条人工搭建的步道。用钢支架固定,上面铺着一块又一块约莫 1.5 米长的木板,两边钢木结构的扶手如同长栏,伴着河床,随着地势,时上时下,时左时右,宛若长龙,逶迤向前,不知尽处。

"这里好拍照!"老谢驻足对我说。

"你喜欢摄影吗?"我问他,"偶尔为之。不过我将自己拍的东西给一位摄影大师看时,他给我的评价总是四个字:'惨不忍睹!'后来他用简单的语言告诉了我摄影的关键:'注重光线,光太强,调弱一点,光太暗,调亮一点。'这是经验之谈!以后我在摄影时,照着办。拍的东西,仍请他指导,他口中再无'惨不忍睹'之说,改说我有悟性。"他给我看了他的摄影作品,我给的评价是"美不胜收"。

边走边聊,不知不觉来到风雨桥。

该桥是公园里独具特色的景点之一，它是按照侗乡风雨桥桥型建设的。风雨桥建筑集桥、廊、亭三者于一身，长43.8米，宽6米，其中桥中间的亭子有5层，桥两端的亭子有3层，亭子里，绘有少数民族特色的歌舞图画。据悉，该桥所用圆木柱130余根皆是杉木，大的树径有50厘米，长的有14米。在风雨桥的旁边，还有侗族的鼓楼及苗寨式的吊脚楼，站在风雨桥上，还能欣赏一旁美丽的田园风光。

"听说你在老干部大学写作班学习，那里一席难求吧？"他问我。

"是呀，我遇到了贵人，否则进不去。"

"我原来读汉语言文学专业，后来转学计算机。我认为好文章离不开一个'改'字。许多文学家完成初稿后，都要放置一段时间再进行修改。因为任何人都有思维定式，尤其在特定时期，这种思维会随着时间的推进而改变。因此，作者会对放置一段时间的文章有新的认识。"他接着说："写作水平的提高，也离不开一个'读'字，许多经典要熟读甚至背诵。"

我赞同他的说法，不然怎会有流传至今的"熟读唐诗三百首，不会作诗也会吟"呢？！

他说："王国维认为，古今成就大事业、大学问者，必须经过三种境界：第一境'昨夜西风凋碧树，独上高楼，望尽天涯路'；第二境'衣带渐宽终不悔，为伊消得人憔悴'；第三境'众里寻他千百度，蓦然回首，那人却在灯火阑珊处'。艺术创作都是用生命完成的。"

老周是公务员，因儿子在贵州大学读研究生，故在花溪买了房，与我们在一个小区居住。他爱交朋友，兴趣广泛。在谈到写作时，有独到的见解："我以为，一篇美文不要写满，应留有让读者发挥想象的空间，如同画画要留有空白一样。"

"人，应有精神上的追求，只看物资无视精神的人，无异于行尸走肉！"

时间过得真快，返回至"阿哈水库"的地方时，我突然想上去看看，但找不到路，有几处通道都上了锁，也许是从安全考虑吧。

　　"门外有能看到水库的地方。现快到正午了，我们回去。"老周提议。

　　行车不久在路边发现水库，老周停车让我下去看。天已放晴，湖面如镜，蓝天、白云、青山全部倒映在水中，如此安静、整洁，不知道哪处更靓，哪处更美。

　　途中，见一水产店，有鲤鱼、小龙虾、泥鳅、黄鸭叫等。黄鸭叫30元一斤，店主说是从阿哈水库捕获的，两家分别买了1斤和1.2斤。我请老谢夫妇晚上来家吃饭，老谢答应，条件是今天的中餐由其做东。

　　小车在小区附近的香正饭庄停靠，周姐点了锅巴肉、三椒肉沫、冬笋烧牛腩、小炒藤瓜尖和三鲜汤，大家边吃边聊，兴趣盎然……

贵阳孔学堂游记

　　孔学堂坐落于贵阳花溪董家堰,东倚大将山,西临花溪水,俯瞰十里河滩中段,风景如画。

　　孔学堂于 2011 年 7 月 3 日奠基,2012 年 9 月 28 日即孔子诞生 2563 周年纪念日落成揭幕,2013 年 1 月 1 日正式向市民开放。

　　这座投资 15 亿、占地面积 130 余亩、总建筑面积近 2 万平方米的文化教育公益性项目,不仅仅是一座仿古性建筑,更是一座城市的文化地标、精神殿堂,一个提升城市文化品位的符号。

　　孔学堂起于棂星门,过泮桥,拾阶渐上,经大成门、礼仪广场、大成殿,止于杏坛;左有溪山书院、讲堂群,右有六忆学宫、乡贤祠、阳明堂、奎文阁。大成门前耸立孔子行教像,高 9.28 米。

　　2015 年初,第二期中华文化国际文化研修园竣工,多所高校和国际儒学联合会先后入驻,贵州阳明文化研究院挂牌。第三期文化创意产业园区也已着手建设,直接受众 50 万人次,深得市民百姓喜爱和知识界广泛认可,成为贵州一块熠熠生辉的文化品牌。

　　2020 年 7 月 27 日,游览完平桥湿地公园后,我们乘车直奔孔学堂。

孔学堂门楼在眼前出现，那是一座两边对称的传统建筑。左右两边的立柱上，分别贴着"天人合一"和"知行合一"的镀金大字。进入门楼，右边是一排通透的木栅栏，每处栅栏上，等距离装有由9块木板镂空做成的孔子语录。诸如："子贡问曰：有一言而可以终生行之者乎？"子曰："其恕乎，己所不欲勿施于人。"每块木板上均为行书五字，字体秀丽，没有断句，给人以穿越时代感。

孔学堂参观免票，在售票处凭身份证登记即可。

从棂星门入内，有泮桥三座，桥下水流汩汩。过桥后，孔子行教像耸立在前方高处。中间是行走阶梯，两边有自动电梯上下。我们乘电梯到达文化广场，广场左右两侧立有铜鼓、铜钟，用手各拍了几下，声音低沉、悠远。

在明阳堂看了有关孔学堂的电视介绍后，来到大成殿。殿前两边立柱上，上书对联一副。左联：德冠生民溯地辟天开咸尊首出；右联：道隆群圣统金声玉振共享大成。这楹联我在岳麓书院见过，大概是盛赞孔子为开天辟地第一圣人吧。

殿堂正中为至圣先师孔子坐像，两侧四位坐像分别是：左边为述圣子思、亚圣孟子，右边为宗圣曾子、复圣颜子。

入大成殿拜了至圣先师孔子。在"己所不欲，勿施于人"的训导前，拍了几张照片后，接着参观孔子展览馆。

孔子展览馆总面积1700多平方米，是一个以图文、实物、多媒体等手段展示孔子的生活情况及其生平、学术影响的场所。

孔子是春秋末期杰出的教育家，儒家学派的创始人。他学而不厌，诲人不倦，提倡"有教无类"，创办私学，广招学生，打破了奴隶主贵族对学校教育的垄断，把接受教育的范围扩大到平民，顺应了当时社会发展的趋势。他从事教育的目的是培养从政的君子，强调以"礼"和"仁"为核心的道德教育。相传他有弟子三千，著名的弟子七十二人,这些弟子为儒家思想的传播做出了各自的贡献,使得儒家思想对中国社会产生了深远的影响。

孔子是中国文化的一座高山,他在春秋后期礼崩乐坏的环境中,以"斯文"自任,宣扬仁政、整理典籍,对中国文化影响深远。在他学说基础上形成的儒家学派,成为中国文化的主要来源。

但是,历史上对孔子又有不同程度的误读甚至曲解。孔子似乎是个谁都知道,但却又有几分陌生的人。历史上真实的孔子是个什么样子? 现在宣扬孔子又有什么意义? 这个展览无疑能带给参观者更多的思考。

孔子生活在平均寿命很低的春秋时代,却能寿逾古稀之年,因素固然很多,但其中得重要的一条,就是不慕名利,长期保持乐观的生活态度。

孔子曰:"仁者乐山,智者乐水。"瞩目孔学堂,任重道远,山高水长。

王明阳先生曰:"知是行之始,行是知之成。"孔学堂正跋涉于知行合一的道路上。

孔子给我们留下了宝贵的精神财富,也留给了我们许多人生、社会问题的思考。怎样成就完美的人格? 怎样构建一个和谐的社会,让人与人之间充满关爱? 既需要社会外在的规范,也需要人人发自内心的努力。在地球变成一个大村,国家之间的距离似乎越来越近的今天,国际间的不安境况却没有减少,怎样和而不同,让人类共同发展,仍是我们必须面对的难题。而孔子的许多教育方法,在今天依然有效,不少教育思想,历久弥新。当我们静下心来阅读孔子的时候,就会觉得孔子的思想依然有用,孔子的人格魅力还会引导我们继续前行。

习近平总书记在纪念孔子诞辰 2565 周年国际学术研讨会暨国际儒学联合会第五届会员大会开幕会上的讲话中指出:"孔子

创立的儒家学说以及在此基础上发展起来的儒家思想,对中华文明产生了深刻影响,是中国传统文化的重要组成部分。儒家思想同中华民族形成和发展过程中所产生的其他思想文化一道,记载了中华民族自古以来在建设家园的奋斗中开展的精神活动、进行的理性思维、创造的文化成果,反映了中华民族的精神追求,是中华民族生生不息、发展壮大的重要滋养。中华文明,不仅对中国发展产生了影响,而且对人类文明进步做出了重大贡献。"

　　去年,花溪河畔开始兴建地铁,轨道交通 3 号线路站点中有董家堰,以后去孔学堂游览的人们将会更加便利。

花溪公园游记

今天,我们老两口带领从长沙来贵阳度假的 4 位姨妹游玩花溪公园。

花溪公园距贵阳市中心约 12 公里,占地面积约 800 余亩,东至花溪大桥,南沿贵筑路,西临花溪平桥,北抵溪北路。

公园自然山水灵秀,人文底蕴深厚,素有"高原明珠"的美誉。园内"四山夹一水"(麒山,龟山,蛇山,凤山,花溪河),"一水带四山"。

花溪公园始建于清乾隆五十二年(1787 年),1940 年建成时称"中正公园",中华人民共和国成立后,1952 年更名为"花溪公园"。

著名作家巴金在此留下了浪漫的爱情故事。

刚扫完健康码入园,一群白鸽映入眼帘。在一位头戴白帽、身着白色衣裤、口含哨子的大姐指挥下,白鸽时而行走时而飞翔,地上空中步调一致。大姐的身边,立着一块招牌,上书《小白鸽须知》,其中注明"小白鸽专用投喂食物 10 元 / 份",有几位小朋友正在给小白鸽投喂。

不远处,几位大妈在跳扇子舞。满姨妹上前搭讪,想借用扇子照相遭拒:"我们正为演出排练。"刚转身离开,另一位大妈,拿着一把扇子喊我们停下,愿意借给我们拍摄,满姨连说:"谢谢! 不用了。"

前面是睡莲池，因池塘种植睡莲而得名。睡莲又称子午莲，是水生花卉中的名贵花卉，外形与荷花相似，叶子和花浮在水面上，因昼舒夜卷而被誉为"花中睡美人"，可食用、制茶。

池内满是碧绿的荷叶，白色的花朵点缀其间，一条石板铺成的道路从池中通过。路的两边，有许多上有圆孔、间距相等的石墩，一根碗口粗的绳子通过这些圆孔形成护栏。

一张彩门横空出世，那是道路左侧直长的一棵松树和右侧斜长着的另一棵松树相依相偎的结果，姨妹们摆出各种姿势在此留影。

拍够了，想休息一下。前面一建筑内人影晃动，一群穿着不同服装的老人们在打太极，红的、绿的、蓝的、灰的、黑的、白的，各种服饰宛若变幻的万花筒。姨妹们坐在前面的石凳上，近处有百步桥，远处有麒山。

麟山，原名狮子山，明代把此山定为贵州名山。清乾隆举人周奎曾作《麟山记》，将狮子山改名麟山。这里有"飞云阁""飞云岫""倚天亭""黔山一柱"等景点。从山脚开始，由无数石级相连直通山顶。担心爬上去比较费时间，我没上去，仅拍了几张照片。返回百步桥，二姨妹问我是否知道清镇，说刚有一位在贵州打工的老乡要来相见。清镇我去过，离我住处有三十多公里，那里有著名的红枫湖景点。"美不美乡中水，亲不亲故乡人"，老乡情谊令人感动！

"不坐了，我们过桥去！"不知是哪位姨妹提议。

百步桥由130多个石墩组成，蜿蜒曲折，横跨两岸，宛如"桥在水中过，水在桥中流"。

该桥地势一边高一边低。高的一边，水波不兴，穿过石墩，直下低处。白浪滔滔，水花四溅，一路轰鸣，奔腾向前。我提醒大家注意脚下，谨防跌倒。过桥后，急忙用相机进行拍摄，记录后续人员过桥时的精彩百态。

樱花大道全长210米，两边樱花盛开时节，满树灿烂，如云似霞，是早春著名的观赏花木。园区樱花为通过园艺所衍生得到的品种，每花枝上三五朵，成伞状花序，花瓣先端缺刻，花色为白色、粉红色、红色、绿色等多种颜色组成。

与樱花大道同方向的将军墓安葬着著名抗日将领戴安澜。

戴安澜（1904—1942），安徽无为县人，1926年黄埔军校三期毕业。他战功赫赫：武汉会战，击败瑞阳公路日军第九师团主力；徐州会战，击退艾山阵地日军；昆仑山战役，攻克昆仑关击毙中村正雄少将等，获蒋中正"当代之标准青年将领"之赞誉，是二战中第一位获得美国勋章的中国人。

2018年，这里被中共贵州省委、贵州省人民政府授牌为爱国主义教育基地。

沿将军墓返回，有一处由木板搭建的貌似舞台的圆形建筑。大姨妹舞兴大发，邀请老伴跳舞。三姨妹、四姨妹相继调出手机上的音乐伴奏，我和二姨妹在一旁击掌助兴，从长沙远道而来的这帮嗲嗲娭毑在此一展英姿、大放异彩。

然后，我们来到马鞍桥。古人骑马上京赶考，清朝举人周奎为激励本地青年用功读书，在此修建此桥，因形似马鞍而得名，寓意通往成功之路，这也是花溪公园最早修建的桥。

芙蓉洲在马鞍桥一侧，由沙洲、礁岛、石拱桥组成。在平坦的水面上，一簇簇长满芦苇和木芙蓉的礁岛星罗棋布，芙蓉洲因此而得名。

放鸽桥周边，蓝天白云，青山绿水，树木苍翠，碧波荡漾，置身于此，倍觉心旷神怡，脑海中油然蹦出王维的诗句："清风拂绿柳，白水映红桃。舟行碧波上，人在画中游。"

健康步道是一条平坦的柏油路。路面不时出现诸如"心理平衡""戒烟限酒"等黄色的字样提示，别有一番风味。

中午我们在公园附近的"花溪飞碗牛肉粉店"品尝了牛肉粉后，又朝"十里河滩"走去……

青岩古镇行

　　四年前与微友去过青岩古镇，当时因镇内多处景点维修，只好沿着青石板路，由西门往其余三处城门走了一圈。今天，我和老伴、女儿、女婿、外孙女小果子购了套票，拟慢慢游，细细品。

　　预报今天有雨。上车时未下，刚到景区，大雨倾盆，好在不久，雨过天晴，一切顺意。

　　青岩古镇最具特色的莫过于那一条条石板路，路面的青石板，经过几百年的冲刷、磨砺，已光可鉴人，如镜面般泛着黑色的光芒，给街巷带来一种独特的时空感与神秘感。

　　街的两边是由古色古香的青瓦木屋构建的商铺，悬挂纯银首饰的，摆放花梨木雕的，卖天麻党参的，售各种包包的，各种商品琳琅满目。那红红的、让人垂涎欲滴的卤猪脚，和圆圆的、散发着香味的蒿子粑粑；那亮亮的、让人望而生畏的贵州辣椒，以及白白的、味道独特的鱼腥草……到处可见。

　　青岩民居多以石片当瓦、石块垒墙，大石屋连着小石屋，青茫茫一片，是当地山乡独特的一道风景。民居依山就势、就地取材，石砌的围墙、路面、柜台、庭院以及石磨、石碾、石缸随处可见，石砌的院墙据说是由糯米和石灰黏合而成,极富地方风貌。因此,青岩古城又称为青岩石头城。

青岩古镇旧城四周有城墙,皆用巨石构筑于悬崖之上,依山高势,巍峨险要,颇富山寨城堡特色。旧城有东、西、南、北四座城门,现存有建于清代的城南定广门。青岩古镇内主要有南、北、西、东四条明清街和许多街巷,其中南北长约 10 公里,西、东宽约 8 公里,总面积为 92.3 平方公里。经明清西街,84 号是天主教堂,铁门紧锁,门上贴有一白色的印刷品,估计已关闭多时。

小果子坚持要走在前面,她说:"我是领队,你们怎能走在领队的前面呢?"她不时叫我们停下,等她。

行至北明清街,进入赵以炯状元故居。

赵以炯故居坐落在青岩古镇中心,始建于清道光年间,占地面积 828 平方米。整座建筑坐南朝北,两进四合庭院式民居,既融合了清末江南苏州民居中轴对称的狭长风格,又体现出汉文化与贵州多民族文化交融的特点,是同时期黔中地区其他建筑文化难望项背的经典之作。赵以炯故居内有赵氏的书房、居室、堂屋、双井、百寿图等,并增设了赵以炯文物展、赵以炯生平展、中国科举制度展等内容,以激励群众热爱桑梓,崇尚文化新风。

贵州自明代置省,始开文化,行科举。同时,"改土归流"的推行,中原地区大量移民的进入,也为贵州文化的发展做出了巨大的贡献。至清代,贵州文化的发展已蔚为大观。赵以炯以云贵第一文状元,大魁天下,与康熙年间第一武状元曹维城、光绪年间文状元夏同和、探花杨兆麟并称清代贵州"三状元一探花",开贵州科举史上未有之壮举,辉耀了贵州这片神奇秀美的土地,其光芒永照千秋。

赵以炯改变了当时士林黔省无人、视贵州为荒蛮之地的偏见。在其同时代的名流看来,赵以炯"博学多识,理密慎思",为文"刻画工巧藻不妄杼"。赵以炯中状元后,于光绪十七年(1891 年)出任广西学政,四年后出任礼部会试同考官。后回乡讲学,终老故里。其一生不仅为云贵两省争得了荣光,亦为贵州的文化教育做出了不可磨灭的贡献。

在北城门附近,女婿找到了一家名为"金必轩"的小吃店,他是上网查的。该店的门上悬挂着许多牌匾:如"首届庙会大比拼百姓最喜爱的青岩美食""首届中国金牌旅游小吃""浙江卫视美食节目推荐商家"等。门口还张贴着诸如"中央电视台主持人张蕾到店拍摄""浙江卫视主持人华少、杨迪到店拍摄""余秋雨先生到店品尝美食"等宣传资料。

我们选择了 118 元的 4 人套餐:卤猪蹄两只半,米豆腐 1 份,洋芋粑 1 份(3 只),糕粑稀饭 2 碗(一种放了花生、芝麻、豆类、糍粑、白糖等的粥),玫瑰冰粉 2 碗。这些小吃,色、香、味、形俱佳。座席旁有该店的二维码,服务员嘱咐客人餐后,自己扫码结账。

万寿宫亦称天柱宫,又名江西会馆,为道教宫观,清乾隆四十三年(1778 年)江西客民建。嘉庆三年(1796 年)和道光十二年(1832 年)皆重修,总占地约 1100 平方米,整座宫殿坐东向西,以正殿、配殿、两厢、戏楼和生活区组成一个大建筑群。

戏楼檐口下有独具匠心的吊墩(俗称:垂花柱),木质透雕"双狮争雄"撑拱,在贵州地区的建筑中实为少见,是一件难得的古建筑珍品,其中内容有"鸿门宴""韩信点兵""十面埋伏""四面楚歌"等,让人叫绝。

抗日战争时期,国立浙江大学西迁青岩曾在此办学,留下难忘的情怀,古镇与浙大的这段真情记录于历史,传颂于今。

慈云寺位于青岩镇背街西侧,始建于清康熙年间,道光十二年(1832 年)扩建,以一进院、二进院组成一大建筑群,占地 4200 平方米,建筑面积 898 平方米。一进院坐西向东,二进院坐南向北。除戏楼、大雄宝殿为穿斗式硬山顶砖木结构建筑外,其他均为穿斗式悬山顶木结构。寺内木雕、石雕等工艺精湛,属青岩古镇古建之精品。

花溪区在慈云寺建立花溪非物质文化遗产馆，以展示和传承非物质文化遗产为宗旨，通过多媒体、场景复原、实物展示等方式，对花溪区的传统舞蹈、传统戏剧、民俗类、传统美术、传统技艺类、民间文学、传统音乐类等内容进行展示，辅之以传承表演，具有展示和传承双重功能，从而达到传承和弘扬非物质文化遗产的目的。

花溪为多民族聚居区，民族、民俗文化丰厚、个性鲜明，以苗族、布依族等为代表的各民族不仅服饰优美且能歌善舞。布依族"六月六"、苗族"四月八"等节庆内容丰富，高坡苗族射背牌、孟关猴鼓舞等习俗形式独特，共同构成独具魅力的区域文化景观，是珍贵的非物质文化遗产。

在一幅名为"东方佛女"的蜡染艺术品面前，我驻足观看，流连忘返，如不是女儿的催促，我真不知什么时候离开。

背街，其实是以石头砌筑的老巷子。东接财神庙，西抵慈云寺，将青岩古镇内南街、西街连接在一起。巷道起伏变化，蜿蜒曲折，既不失乡村味道，又有城市街巷的特点，是贵州古城镇街巷构成的典范。街巷以条石、块石、团石和不规则石块用糯米浆、桐油、石灰黏合砌筑，其石材运用和砌筑方法多变，使石材的细部纹理显得十分丰富，兼具自由与规则的特点，显得静谧悠长。抗战时期，李克农家属和孟庆树家属等就居住在这条街道的院落内，电影《寻枪》也为背街留下了无数精彩的镜头。

游客们陆续在此摄影留念，老伴、女儿亦不例外。小果子也拿出外婆买的儿童游戏机，有模有样地拍照，口里不断喊着："茄子……"

接着我们来到周恩来之父曾经居住的地方。日本占领武汉以后的 1939 年，八路军贵阳交通站接待了一批经桂林转移到贵阳的抗日革命家属，周恩来的父亲周贻能被安排在青岩丁氏民宅居住。丁宅始建于清末(1890 年)，坐北向南，穿斗式木结构，悬山青瓦顶，面阔三间，通面阔 12 米，进深 7 米。周父居住于西次间，现仍为丁氏私宅,保存完好。

　　皖南事变前夕,国共两党关系逆转,八路军贵阳交通站处在反革命势力的包围之中。1941年,居住青岩的革命家属陆续离开青岩转移重庆。1942年7月,周老先生在重庆红岩不幸病故,葬于重庆小龙坎福元寺重庆八路军办事处公墓。

　　纪念不仅是为了怀念,更是为了记住。为的是观照生命,使我们这些还活着的人更加辨清今天,顺利地走向明天。

　　位于明清南街的赵理伦百岁坊建于道光二十三年(1843年),现为省级文物保护单位。牌坊高9.5米,宽9米,呈四柱三间三楼四阿顶式,由青岩本地石材"白绵石"所建,颜色洁白,历久弥新。四柱南北均有石狮护柱,狮高1.5米,前爪握宝,后爪壁入石柱之上。正中横梁上镂空雕"二龙抢宝"。北面正中刻有"升平人瑞"四字,左右分别刻有"赵理伦百岁坊"等字样。此坊的主要特点是,4根立柱抱鼓石不是"抱鼓",而是石狮。八尊石狮均尾朝上头朝下,活像狮子下山。艺术大狮刘海粟看了这些石狮,认为是不可多得的艺术精品。一般石狮多取蹲式,虽然威严但失之呆板,而赵理伦百岁坊上的石狮,雄狮戏宝,狮护崽,交相呼应,相映成趣,一反常规,特别富有生机。

　　青岩古镇始建于明洪武十一年(1378年),现为中国历史文化名城。古镇有九寺、八庙、五阁、二祠、两宫、一院、一楼、石牌坊、城墙等古建筑群,古韵悠悠,被誉为中国最具魅力古镇之一。

　　登城楼俯瞰,城门外的石板路上游人如织,定广湖水面,莲叶片片,白花点点,房屋成排,旌旗猎猎,青山连绵,乱云飞渡。

　　定广门初建于明朝天启年,是青岩军古镇的象征。清顺治十二年(1660年),班麟贵之子班应寿子承父职(土司),增建定广门,清嘉庆三年(1798年)武举人袁大鹏重修,城楼为三开间重檐歇山式顶木结构,屋顶为青灰色瓦面,泥塑脊饰,定广门城墙墙体上设有垛口、炮台，远看城墙雄伟壮观，俗有"筑南门户之称"。

下城楼走近南出口时，大家感觉有点疲倦，想尽快返回西门停车处。咨询返程，工作人员告之，走古镇内比走古镇外省时。我们返回定广门后，凭感觉往西走李家巷。小巷的路面全是由不规则的石块铺成，两边的墙壁有的斑驳陆离，有的已长着青苔，路面干净，走着舒坦，仿佛漫步童话世界。不知不觉已回到明清西街，看到不远处的西门，心里悬着的心总算放下。

小果子真棒，三岁的小女孩随着大人四处行走，一不叫累，二不要抱，联想到她昨晚对我们说的话，倍觉今天的古镇之行收获颇丰："我长大了，要给外公外婆做饭！"

细雨时停时下，时下时停，有时居然边出太阳边下雨。此景应了刘锡禹的诗句："东边日出西边雨，道是无晴却有晴。"青岩古镇，不虚此行！

白寨再聚

自山因身体原因,几年末参加团队活动了。前天,志华说乘车碰到了他,邀请他和大家聚聚,自山当即同意。志华让我在群内发通知,邀大家 22 日去烈士公园白寨相聚,群友欣然同意。

记不清来白寨多少回了,几人、十几人直至百多人的活动都在这里举行过。为什么偏爱此处?是环境好,饭菜香,还是交通便利或是怀旧? 也许是,也许不是,也许都是,也许都不是,因为有些事情不需要原因和理由。

我 9 点到达白寨,门没开,等了一会儿,志华来了,喊开大门后,找一清静地,搬好桌椅,摆上主人准备好的花生、瓜子、香蕉,边吃、边聊天、边等待。接着自山现身,两年未谋面,人仿佛胖了点,谈吐底气十足,直率、豪爽不减当年。

11 点多钟,9 位老同学到齐。

"今天是近两年来,我们到得最齐的一次。"大家都说。

志华去服务台点菜,芝云陪往。没多久,菜肴陆续上桌:土匪猪肝、辣椒炒香干、肉沫红薯粉、梅菜扣肉、油榨肉丸、清蒸虾仁、冬苋菜、鸡蛋豆腐、两笼烧卖、小瓶白酒等摆满桌子。"大家先尝尝猪肝！"不知是谁提议,聚餐开始。

志华先给自山倒了一杯酒,原以为大家会纷纷举杯,不料众说纷纭、无人响应。

"自山,你别喝,你一直胃不好！"

"你有几年没和我们聚餐了,为有下一次,希望别喝酒！"

"算了吧,想喝就喝,别难为自己！"

"不行！莫以恶小而为之,莫以善小而不为。该反对的要反对,该坚守的要坚守！"大家七嘴八舌。

芝云干脆夺过自山的酒杯,表示此事无商量的余地。

"好吧,让我闻一下酒。"自山无奈。

"如难忍受,就用筷子舔一点吧！"

闲聊中,我祝愿在座的老同学能在二十年后再相聚,且一个也不少。"自信人生二百年,会当水击三千里"。目前我们看上去身体还行,同学中,也不乏高寿的长辈。如建德的父亲尹伯伯已经 101 岁了,依然耳聪目明。建德说,父亲的长寿取决于心态好。老同学中,光华的心态就不错,投资顺祥二十万,现顺祥出事,传言血本无归,他表示能拿回本息是好事,拿不回,也无大碍,等于丢失了。建德注重养生,我深信,加上他的血统遗传,将来高寿不容置疑。不管顺境逆境,人要看得开:"只要不影响现在的生活,就行了！"他一直这样认为。

聊天中,同学们为祖国自豪。从盾构机谈到高铁,从填海造岛聊到港珠澳大桥,从天眼谈到微信支付;从抗日老兵身份的转变到国庆 70 周年阅兵庆典,大家心潮澎湃,热血沸腾,无不为新时代点赞,感今天幸福生活的来之不易,应加倍珍惜和维护……

茶余饭饱,盘中还剩四只烧卖无人问津,我叫大家吃,并一个个动员。国华、剑成和建德都说自己吃了两个,其他人也说吃不下了。丽君说,白寨的烧卖为这里的特色小吃,四块钱一个,莫浪费了。光华夹了一个,吃了,自山将其余的三只,一骨碌夹给光华,光华吃完似乎没费什么力气。

"你今天当了一上午乒乓球教练,体力消耗大,吃这么点不算什么!"

我记得有人说过,衡量一个人是否健康,体现在"四快"上,即:吃得快,拉得快,说得快,睡得快。人如果胃口好,消化好,思维好,休息好,想不长寿都难!

"不以物喜,不以己悲",把活着当目标,以健康为中心,携快乐做伴侣,让信念去保证,向着 80 岁、90 岁、100 岁……进军!

禅心已作沾泥絮,不逐春风上下狂。

早几天,听说因疫情关闭数月的白寨又恢复了正常营业,内心出现一种莫名的激动。

逢式家菜馆小聚

2016 年国庆期间，我邀请几位学友节后去逢式家庭厨艺培训中心小聚，10 月 16 日如约成行。

我们约定 10 点半在酒店大门前集合，因我是首次去，为熟悉情况，方便学友，自然要先行一步。

到达时正好 9 时。打算先上培训中心，放好酒水饮料后，提前半小时返回一楼酒店，迎接各位好友的光临。

逢式家庭厨艺培训中心位于长沙五一西路景江东方大酒店 13 楼 25 号，因为第一次来此，一时不知道从何处进入。

见大门右边有一电梯，便跟随他人步入。电梯启动，按钮显示最高 3 楼，不能再上，只得从 3 楼返回地面。进入酒店内仍乘电梯，被人流涌入梯厢后，方知电梯只能到达 7 楼。再从 7 楼返回，询问大厅内一服务员，如何继续上行，回复需绕至左边电梯间进入。走到左边后，见有电梯两部，分单、双楼层，入单层方向电梯上到 13 楼，心想这次错不了，但寻了一圈，房号只有 14—21，未见 25 号，只好用电话向逢老师求助。

逢老师告诉我从东头电梯间上，无奈再次返回一楼，去相邻楼道重上 13 楼。

进入 25 号房，映入眼帘的是客厅正面墙上的一行字"逢式家庭厨艺培训中心"。右边墙上，贴着诸如一品香煎豆腐、紫油姜炒卤肉等 20 道教学用家常菜的彩色图片，上面张贴的红色大字"请客最高规格在家庭"分外醒目。

房间不大，一厨一卫一厅一阳台，建筑面积 40 平方米。阳台上摆着一张麻将桌和几张靠背椅。厅内放置饭桌一张，旁边架一黑板，想必教学时用。左边靠墙摆沙发一张，沙发旁边放着两只大塑料框，框内装满了许多一种规格的红色纸袋，几乎占据客厅的三分之一。

"杨校长，我都给您安排好了，您的同学来后，爱玩牌的，我这里准备了麻将和扑克牌，11 点半开餐，饭菜包您满意，请您放心！"

"我们不打牌，聚在一起聊聊天，一行 10 人，椅子够吗？"我问。

"我们有许多塑料凳子，可以备用。"逢老师说，"今天我姐夫生日，这些东西 10 点 20 前会拿走，你们聚会不碍事。"

"为了我们，您不去参加姐夫的寿宴？难为你了！"

"不要紧，我已随了礼，您的事，我不能耽误！"

"谢谢！您的生意越做越红火，这么快又开发了三个逢式产品，可喜可贺！瓶子上面的包装是您的头像吗？"我看到隔断上面摆放的一排排贴着红色商标的瓶子问："拍得不错，笑眯眯的。"

"是我的头像，想试试行情。"

"我 10 点到酒店门口迎接同学，时间快到了，我下去啦。"

"我给你们炸一盘花生米，恭候您的朋友！"

从电梯间出来，见到老同建德在外等候，呼唤了一声，把他拉到酒店大门前面一起等大家。

一见面，建德告诉我："今天给自山打了几个电话，手机、座机都无人接听。"

"不要紧，我昨天已和他通过电话，今天会来的。"

不久，光华、自山、志华、国华等一群53年前的学友陆续来到。我46年前的老同事老夏和从80年代开始至今的同事范哥及从小学就开始同学的芝云也相继到达。剑成说已走到隔壁原湘绣大楼处。当大家到齐，我领着一帮认识并交往了数十年的友人，直奔小聚场所。

刚入座，芝云拿出自带的一袋新鲜莲子分给大家品尝。芝云总是这样，上次由剑成做东的南郊公园小聚，她有事不能参加，却特地买了一盒樱桃专程送给大家尝鲜。

聊天从光华汇编的一本名为《南陔诗词》的新书开始。

为纪念父亲南陔先生逝世一周年，光华收集、整理了老父近十年创作的430首诗词，历经三个月付印成书，并为之作序，其孝心和成绩令我们钦佩。

"你们看，这是光华写的歌，既作词又作曲。"国华递过光华的大作给大家传阅。老骥伏枥，志在千里，科班出身的光华真的不简单！

"振球，你写了那么多文章，如需汇编，我愿效力。"光华说。

"谢谢！到时定会麻烦你啰。"

第一道菜筒子骨炖玉米已经端上饭桌，学友们相继入座品尝。我叫范哥把小瓶二锅头和芒果汁、苹果醋摆放桌上，边吃边喝边聊。

"我已辟谷几天了，仍在继续，如果不是学友，我不会中断，看情况今天我只能破戒。"国华发言。

"辟谷源自道教，它到底是一种信仰还是一种养生方式现说法不一。"志华说。

国华接过话题："我认为是道教倡导的一种养生方式！"

"辟谷能消耗脂肪，如长期这样，体内脂肪耗尽，会不会对身体造成伤害？"范哥发问。

"我认为养生要顺其自然，在适度的情况下，该吃就吃，该喝就喝，任何事情不要刻意。"我谈了自己的看法。

虎皮扣肉端放桌上，大家认为味道不错，蒸得很烂，适合我们。

"烹饪讲究色、香、味、形、器，是人的各种感官的综合反映。色靠视觉，香凭嗅觉，味靠味觉，家常菜好不好吃，最主要的还在口味。"范哥虽为数学老师，但厨艺不错，平常又留意烹饪大师的高论，他的意见为大家认可。

第三道菜为菱瓜炒牛肉丝，我感觉偏咸，范哥却认为刀工逊色。

接下来，各种家常菜陆续上桌，有红薯粉肉泥、青炒莴笋丝、老姜煨鸡、娃娃萝卜菜芋头汤、卤牛肚炒芹菜、果饭、青菜等，加上油炸花生米共 11 碗，摆了满满一桌。由于菜的分量足，加上大家将一大盆果饭分了个精光，都没再去添米饭。

饭后，请逢老师给每人准备了一份逢式产品——逢式孜然香酥鱼、逢式辣椒油和逢式腊八豆各一瓶，聊表心意。

有人说，好书和良友是人生不可或缺的两大财宝。"好书悟后三更月，良友来时四座春。"我今天收获颇丰，光华送了我一本刚出版的《南陔诗词》；我也再一次见到了我的这些相识 30 年、40 年、50 年和将近 60 年的好友。

夕阳无限好

今年，我的几位中学同学已组织了好几次小聚，下面应由我做一次东啦。

到哪里去玩呢？近日我一直在想着此事。杜甫江阁坐过，岳麓山爬过，南郊公园游过，烈士公园内白寨、瑶池山寨都聚过，下一次小聚，真不知选哪合适。

某天，我在窑坡山老顽童微信群上见到了我校退休职工逄老师发的资料：孜然香酥鱼、秘制香干和青椒酸豆角泥三幅截图和逄式家庭厨艺培训中心第一期示范菜图片。

我问："逄老师，这是你开的吗？"

逄答："是我开的，谢谢大家给力、支持、宣传。拜托各位朋友，同时欢迎光临指导！"

逄老师擅长家常菜，让我的同学在他那儿小聚，品尝一下舌尖上的美味，不是很好的选择么？真是：踏破铁鞋无觅处，得来全不费工夫。

我忙问："能就餐吗？ 地址在哪？"

"以培训为主，当然您光临肯定能就餐。地点：五一西路景江东方大酒店。"

"谢谢！过了国庆节，我再和你联系。"

因我需要的不是个人用餐，而是一行 10 人的小聚。

第二天，正逢学校组织离退休职工去锦绣农庄搞活动，在候车时，我一见老逢，便迫不及待地提出此事。

"你那儿能接待多少人？"

"培训的学员中午都在那儿吃饭，现有十几人。"

"我们有 10 人，可以接待吗？"

"可以。"

"培训在你的住处进行？"

"我已搬家。因孙儿进初中，就读长沙市十一中音乐班，考虑到上学较远，搭乘公交堵车，担心迟到，故搬到距十一中步行只需 15 分钟的韶山南路一心花苑。因景江东方大酒店公寓房腾出来了，我灵光一闪，突然有了创办逢式家庭厨艺培训班的想法。"逢老师回答。

"现外出吃饭太贵，在家搞又不会，我一直在琢磨此事。奥运直播时，我看到一位韩国籍大妈在家为韩国游客制作韩国菜，从中受到启发，这不正是解决此问题的方法吗？别人能干，我为什么不能干？我既有厨艺，又有场地，也懂一点市民的饮食需求。我不打牌亦不抽烟，与其虚度时光，不如干点自己喜欢的事。"他停顿了一会说。

思想一经产生，关键在于行动。8 月 27 日，逢老师马上召开有关人员座谈会。9 月 12 日，正式开班上课。目前已有学员 16 名，搭餐 100 多人次。按逢老师的说法："搭餐只是形式，让搭餐人员了解、宣传逢式家庭厨艺培训才是目的。"

我一边点头称赞，一边听逢老师继续说："我老伴 10 年前每天送孙女学钢琴，自己也跟着学，现在她已经成为市钢琴协会的理事，每天忙不赢。我孙儿这次报考十一中，专业免试，校长当即拍板录取。"

逢老师原在又一村饭店工作，1983年因工作需要调入学校。他热爱烹饪，用心做好每道菜肴，虽未直接从事教学，但其烹饪理论和实践，绝不比一般教师逊色。1993年，他在河西望月湖第一个开办快餐业务。经过三个月的打拼，每天的营业额从当初的128元飙升到3000至4000元。一个仅20平方米的营业场地，当时能创造出这么多的经济效益，不能不说是一个奇迹。逢老师因身体不佳曾办了停薪留职。2002年，因学校收归教育局管理需重新核实在编人员而回校。当时因招生需要，他主动将自己在繁华地段租赁的门面无偿给学校作为招生点。我从那时起和他相识，并因他生来的一副好嗓子，力推他代表学校参加过局系统的歌咏比赛，对他也日益熟悉。

逢老师有经济头脑和管理经验，曾在学校承包过食堂，使学校和学生双方满意。按他自己的说法："我干一件事，一心干好，不大计较个人的得失。"也许这正是他能干好每项工作的原因。

我拟在国庆小长假联系他，带学友一道光顾这鲜为人知的秘境，学习合理、科学地搭配饮食、菜肴，吃出健康，吃出美丽，吃出快乐，以热爱、弘扬博大精深的中国餐饮文化！

请客

大莽老师两周前就诚邀我们去吃甲鱼，今天兑现。

上午9点我到了位于营盘路259号的甲鱼铺子，比预约集合时间提早了一个小时。我之所以早到，是想赶在东家来铺子前，与店铺老板说好由我买单。

大莽比我年长10岁，是企业退休职工。作为长沙市作协会员，在我们第一次见面时，就送给我他写的书《小草集》。从年龄和经济条件来讲，我买单理所当然。与收银员谈妥后，我坐在大厅里边玩微信边等大家。

大厅摆放的都是四方餐桌和靠背椅，桌面铺着白色瓷砖，中间留一圆形空间，放锅用。前后来了三人，是同学浏阳市山泉文学社秘书长文化使者夫妇和大莽。后者刚进门，径直与大厨沟通去了，我与前行者打招呼。他们是从浏阳赶来的，带来了数十本刚出版的《山泉》杂志。服务员将我们安排在装有空调的16号包厢，大莽老师摆放了自带的白葡萄酒和茶叶。玲玲、兰兰两位老师陆续来到，待写作班李书记到达后，开始上菜。

一大锅热气腾腾的菜肴上桌，里面有5斤半脚鱼和2斤猪肚。大莽介绍:"这里不欺客,当着我的面称的甲鱼和猪肚。这次的味道,比上次还好,请大家动筷!"

《湖南读书会文学微刊》副秘书长、市老干部大学写作班班长兰兰给每人端来一碗酸梅汤,告诉大莽不另收钱的。粉丝、油豆腐、千张皮、芽白等配菜全部上齐,聚餐正式开始。

张书志老师开讲。他代表来宾向大莽表示了感谢,介绍了《山泉》正式上刊且受到我省文联原主席谭仲池先生肯定的情况;推荐了同学玲发表在"城市记忆"公众微信号的几篇作品,大家多次报以热烈的掌声!

张老师曾在写作班教授写作课,大莽曾以"互动引发的讨论"为题对张老师的教学进行过报道。文章说:"2015年上学期,写作班班主任张书志老师改变了以往的教学方法,不只是学名家名篇,而是根据学员提议,除选用《人民日报》几篇有代表性的作品外,也选用学员登在党报上的优秀文章,还有好几篇是张老师曾登在各大不同报刊上的文章。同学们都说,听这样的课十分受益。下课铃声响了,同学们还意犹未尽,说这样的教学方法好,互动性强,能帮助学员加深记忆,提高大家的兴趣,学习起来更有劲。"

站立是为了行走,行走是为了前进,前进是为了高远。一个人能走多远,要看他有谁同行;一个人有多优秀,要看他有谁指点;一个人有多成功,要看他与谁相伴。

张老师桃李满天下。吃水不忘挖井人,今天能与张老师欢聚一堂是我们的福气!

"我们当过兵的不留钱。因为在战场上,今天不晓得明日。我每月2000块钱,自己管自己。两个女儿,一个在湘雅担任护士长多年,一个在国外。这次我带了1000元来吃甲鱼,应该足够了。"

"您以后还要买米买油呢!"班长说。

"我吃不了多少，一个月 12 斤米就够了！"大莽回答。

没有任何道路能通往真诚，因为真诚本身就是道路。

我趁机悄悄外出买单后回包厢继续聊天，不久大莽结账时，我被服务员叫去。

"我是说一不二的！我请客，怎么让你买单呢？再者，我上次在此消费，还有一张 59 元的抵用券，这次不用会过期。"在他的坚持下，服务员退给我已交的餐费。临别时，大家在一起拍照留念。

有人曾说过："我以为别人尊重我，是因为我很优秀。后来我明白了，别人尊重我，是因为别人很优秀;优秀的人更懂得尊重别人。"

贵州购房记

去外地购房,源于故乡的气候。一般来说,长沙是冷在三九热在三伏。从立夏开始,热的时间再长,立秋以后,应该一天天转凉的。书上不是描绘过"秋天来了,天气凉了,一群大雁往南飞"吗?再怎么热,过了白露,应该会变凉爽,因为暑去了,秋老虎也走了。但长沙过了秋分,仍热,气温高达33℃,如果不是台风"鲇鱼"来袭,使气温骤降,真不知道要热到何时。

我不喜欢过热天,尤其是盛夏。稍动一下,一身臭汗,内衣内裤与皮肤黏在一起,真的不爽!2016年7月9日,我们几位候鸟型的老人去贵阳玩了一个月,深感环境、气候不错。贵阳为"全球十大避暑名城",享有"上有天堂,下有苏杭,气候宜人属贵阳"的美誉。

为了避暑,去年我们去过威海,虽然气候比长沙好许多,但仍有热的感觉,晚上要开空调降温。我们也去过昆明,虽然它四季如春,但待了一周,感觉中午的太阳毒辣,似火烘烤,住的宾馆几乎都装有空调,大概不会只在夏天用。而在贵阳我们住的地方,房间的降温设备只有电风扇。我容易出汗,哪怕是最热的时候,在贵阳外出,也少见大汗淋漓,"爽爽的贵阳",名副其实。

相对于避暑胜地而言,贵阳的房价比较便宜。以 2016 年 8 月有关资料公布的全国房屋均价来看,威海 6684 元 / 平方米,昆明 7643 元 / 平方米,贵阳仅 4694 元 / 平方米。

当然,买房毕竟不像购买日用品那么随意,它动辄数十万元,是一般人需要奋斗上十年才能实现的。购买前,必须经过多方面的考虑、选择、比较。

7 月初到贵阳,经朋友推荐,我们入住贵州大学内颐欣招待所,闲时总爱在贵大北校区内活动。北校区树木参天、枝繁叶茂,是人们经常光顾的地方。尤其在夏季,来的人更多,玩耍的、乘凉的、看书的、聊天的、练太极拳的、跳舞的、散步的,从未间断。

随着时间的推移,我们逐渐喜欢上了这片土地,产生了在此购房的念头。经上网查询,贵大内正好有一处房产待售:70 平方米,带家电 45 万。但房龄已过 18 年,且为板梯。我们年逾花甲,爬梯困难,只好放弃。

一天,在路上行走时接到传单:贵州清镇房价每平方米 2400 元,看房有车接送,非常高兴,马上联系。第二天,在贵大校门前被专车送到离此地约 60 公里的贵安新区一个名为"开元新世界"的楼盘。

一路陪同我们的业务员姓孙,是位热情的帅小伙。他带我们参观已经封顶、仍被脚手架包围的建筑物时,被另一位同行告之:住房告罄,只剩顶楼一套,200 平方米。我们不需要这么大的房,况且又是顶楼,离真山真水、布局天然的花溪区相隔甚远,再次放弃。

我打算寻找房屋中介。在请教路人时,被一学生模样的小女孩带到离花溪公园不远处的商厦内,在一处摆放几张桌椅的临时建筑旁,5 位年轻人正在兴致勃勃地交谈。

他(她)们见到我,立即忙了起来:搬椅的,泡茶的,介绍的,登记的,发资料的,递名片的一齐上,俨然接待一位贵宾。从这时开始,中铁城与我结下了不解之缘,挥之不去。

中铁城位于贵阳花溪区甲秀南路 8 号、贵大新校区斜对面。我们湖南的几位老乡在项目地址参观过样板间后,对这里赞不绝口,其中胡大姐的意见颇具代表性:"我们在贵阳看了这么多房,中铁城最理想,不管是环境、价格、位置、交通、质量,其他楼盘都没法比!我认为要买房,就买这里。"

我叫业务员算了两套房,一套三房两厅一厨一卫(楼王),另一套两房两厅一厨一卫。前一套单价 4813 元,后一套 4373 元。开始定的是楼王,需先交定金 3 万元整,身上钱不够,电话叫孩子打钱过来,因业务员提供的是私人银行卡,被拒绝,要求有单位抬头。这次来黔已经 29 天了,我们已订好一天后去昆明的火车票和旅游券,因时间不允许,只能等从昆明返长后再说。

鉴于孩子对在贵阳购房兴趣不大,为方便日后处理,咱俩老只能放弃三房,考虑两房给自己用。

2016 年 9 月 6 日,学友芝云邀请初中同学在白寨小聚。闲聊中,我将自己打算去贵阳购房的想法与几位学友交流:"贵阳购房的优点有四:第一,价格便宜;第二,气候宜人,避暑胜地;第三,自己的房入住方便;第四,朋友们以后来贵阳有落脚的地方。缺点亦有四:首先,投资过大,如住公寓,每年用一万,二十年只需二十万,现一次性投资不划算;其次,每年要多支出几千元物管费;再次,房产税开征在即,费用不小;最后,装修麻烦、受累。"

"异地购房,有利有弊。目前银行利率太低,购股票或做投资风险又大,收益无保障;投资房地产,好歹人民币在房子上。按现行价格,买房不吃亏,将来肯定能升值。我担心不住时,无人打理,我们日渐老去,以后咋办?"剑成说。

"到时,可以卖掉,如行情不好,留给孩子。"我补充。

"如你在贵阳买房,我们同学又多了一处小聚的地方。趁现在身体还可以,能每年去贵阳避暑,美事一桩。"自山回答,"当然,前提条件是有这个物质基础。"

9月23日,我决定去贵阳,高铁票10天前已购,因夫人身体不适,出行的前一天,只好去火车站退票。

9月27日,贵阳的业务员小代给我发来微信:为感谢消费者的厚爱,国庆节前,中铁城楼盘1—5楼适当降价,每平方米4200元。

我们决定国庆节前去贵阳,为了小代的诚意,为了实现自己的意愿,为了亲友有落脚之处,也为了在贵阳结识的朋友!

"仰天大笑出门去,我辈岂是蓬蒿人。"

今天我居住的小区房价上涨了1倍,我庆幸当初的购房决定。

宁静,我心的渴望

有一富商为躲避动荡,将所有家财置换成金银票放入特制的油纸伞的伞柄内,然后带上雨伞欲归隐乡野老家。

途中,他因劳累打了一个盹,醒来之后,发现雨伞丢失。面对突如其来的变故,他很快冷静下来。仔细观察后,发现随身携带的包裹完好无损,断定拿伞之人是顺手牵羊且居住附近。

富商决定在此住下,他购置工具,干起了修伞的营生,静静等待。

一晃两年过去,他没有等来自己的雨伞。但发现有些人,当雨伞坏得不值得修理时,会重新购买新伞。

于是他打出以旧换新不另加钱的招牌,使一时间换伞的人络绎不绝。终于有人夹着一把破旧的油纸伞匆匆赶来,富商一见,正是自己魂牵梦绕的那把雨伞,伞柄处完好无损,便不动声色给那人换了一把新伞。

那人离去后,富商快速收拾家当,从此消失得无影无踪。

故事告诉我们:面对突发事件,恰如其分的宁静,能化险为夷,挽回损失。富商的无言等待,即是宁静之后的智慧。

宁静,指平静、安静,清静寡欲,不慕荣利。

宁静生慧。丢一块石头在水里,水波晃动时,我们无法看清水里的情况。待水面平静后,一切都能一目了然。

宁静康健。老子认为:"凡有起于虚,动取于静,故万物虽并作,卒复归于虚静,是物之极笃也!"有总是从没有开始,动总是从静开始,所以世界万物虽然形式不同,但最终都要回到虚和静,这是万物的终极法则。

法国思想家伏尔泰提出了"生命在于运动"的格言。其实,"运动不等于长寿",因为心率与寿命成反比:运动导致心率加快,从而使新陈代谢加快,细胞的分裂和老化也必然加快。比如木柄的大象,心率每分钟40次,寿命80年;而陆上速度第一的猎豹,寿命却只有20年;乌龟心率每分钟10次,寿命百年以上;敏捷的老鼠,每分钟的心率900次,寿命却只有2年。

美国罗斯福时期,副总统伽倻,好酒好烟好肥肉,不运动,是典型的大胖子。保健医生一直劝他戒烟酒、科学饮食,多运动,但他就是不听。结果保健医生都死了,他却活了105岁,属长寿。

"归根结底,人的一辈子,心跳次数是有限度的,达到了一定次数的心跳,生命也就到头了。"所以,生命在于宁静之养。

宁静致远。平稳静谧心态,不为杂念所左右,静思反省,才能实现自己的目标。诸葛亮在《诫子书》里写道:"非淡泊无以明志,非宁静无以致远。"明代莲池大师亦指出:"人活在世上各有所好,而且都是伴着这个爱好以度日而终老,但清浊不同。以乐于清修、时时保持内心的宁静、清净最为佳胜。"

宁静绝非消极的守,而是一种进取。古人云:"处事若大梦,唯静方能占住梦中那一朵如花的微笑。"

当然静是指"心界的空灵而非物界的沉寂,物界永远不会沉寂的。你的心界越空灵,你越不觉得物界沉寂",用心专一,雷电震惊而不觉察,也许就是这种状态。

诗佛王维描绘的宁静之趣令人神往:"倚杖柴门外,临风听暮蝉。渡头余落日,墟里上孤烟。"意思是:我拄着拐杖,平心静气地伫立在茅屋的门外,精神专注地迎风倾听傍晚树林中那秋蝉的吟唱声。夕阳西下,渡口的水面上波光粼粼,倒映出太阳的余晖;一缕炊烟,缓缓地在宁静的村子里升起。

唐代柳宗元的《江雪》,更是将宁静之美跃然纸上。诗中的渔翁形象,身处孤寒之界而我行我素,足履渺无人烟之境而处之泰然。其风标,其气骨,其忠贞不渝的心态,令人钦慕!

"千山鸟飞绝,万径人踪灭。孤舟蓑笠翁,独钓寒江雪。"

座座山峰,看不见飞鸟的形影,条条小路,也都没有人们的足迹。整个大地覆盖着茫茫白雪,一个穿着蓑衣、戴着笠帽的老渔翁,乘着一叶孤舟,在寒江上独自垂钓。

这是一幅多么生动的寒江独钓图啊!

我喜欢宁静,既喜欢静静的湖面那悠然的美;也喜欢幽静的树林那迷人的美;还喜欢静谧的夜空那神秘的美;更喜欢临危不惧、冷静沉着的成熟的美。

宁静真的好美!宁静,我心的渴望!

稻子熟了,妈妈我想您

　　袁隆平院士80岁生日晚会上的致词"稻子熟了,妈妈我想您了",我读了多遍,每次总是热泪盈眶。我为杂交水稻之父的奉献精神感动,为袁老的母亲对儿子的甘愿付出而感动!

　　文章从"稻子熟了,妈妈,我来看您了"开始,说到了母亲这位"习惯了繁华都市的大家闺秀""为了我,为了帮我带小孩""最后竟永远留在(安江)这么一个偏远的小山村"的往事,尽管"走不惯乡里的田埂,每次都要小孙孙牵着您的手,您才敢走过屋前屋后的田间小道"。

　　"对于一辈子都生活在大城市里面的您来说,70岁了,一切还要重新来适应。我从来没有问过您有什么难处,我总以为会有时间的,会有时间的,等我闲一点一定好好地陪陪您……哪想到,直到您走到您的最后时刻,我还在长沙忙着开会。"

　　"其实我知道,那个时候已经是您的最后时刻。我总盼望妈妈您能多撑两天。谁知道:即便是天不亮就往安江赶,我还是没能见上妈妈您最后一面。"

　　此刻,我仿佛看到了袁老忍着内心巨大的悲痛,表面谈笑风生主持全国杂交水稻会议的情景，会后，他不顾一切，急匆匆赶往安江。

"太晚了，一切都太晚了，我真的好后悔，妈妈当时您一定等了我很久，盼了我很长时间，您一定有很多话要对儿子说，有很多事要交代。可我怎么就那么糊涂呢！这么多年哪，为什么我就不能少下一次田，少做一次试验，少出一天差，坐下来静静地好好陪陪您。哪怕，哪怕就一次。"

临终的母亲等啊等，盼儿回家，望眼欲穿，儿子未归，母亲死不瞑目。袁老自责，这么多年，未能陪母亲一次。有人说，杂交稻的出现，是中国继指南针、火药、造纸、活字印刷术"四大发明"之后对人类的第五大贡献，袁老正是为此鞠躬尽瘁啊！

袁老深知：没有母亲的英语启蒙，他不能够用"超越那个时代的视野，去寻访遗传学大师孟德尔和摩尔根"；没有母亲的执着和鼓励，他不能够"获得系统的现代教育，获得在大江大河中自由搏击的胆识"；没有母亲在摇篮前讲尼采，他"不能够在千百次的失败中坚信，必然有一粒种子可以使万千民众告别饥饿"。

"他们说，我用一粒种子改变了世界。我知道，这粒种子是妈妈您在我幼年时种下的！"袁老对母亲的眷恋，对妈妈的感激跃然纸上。

最后，袁老说："稻子熟了，妈妈，您能闻到吗？安江可好？那里的田埂是不是还留着熟悉的欢笑？隔着21年的时光啊，我依稀看见，小孙孙牵着您的手，走过稻浪的背影；我还告诉您，一辈子没有耕种过的母亲，稻芒划过手掌，稻草在场上堆积成垛，谷子在阳光中噼啪作响，水田在夕阳下泛出橙黄的颜色。这都是儿子要跟您说的话，说不完的话啊？"

袁老从1953年开始就研究水稻，字里行间全和水稻有关。母亲深知儿子，在天上，她一定能看到那熟悉的田野、起伏的稻浪，闻到稻花的飘香，听到儿子的说话，那些道不尽的相思与怀念……

"浩渺行无极，扬帆但信风。"袁老今年已 90 岁高龄，仍奋战在科研第一线。他经常说，水稻专业是一门应用科学，电脑里长不出水稻，书本里也长不出水稻，要种出好水稻必须得下田；我们的目标很朴素，也很重要，那就是，中国人的饭碗，任何时候都要牢牢端在自己手上，中国人的饭碗里，永远要装上中国粮。

"为什么我的眼中饱含泪水，因为我对这片土地爱得深沉。"袁院士热爱土地、离不开杂交稻，荣获"共和国勋章"实至名归。

童年轶事

　　童年离我已半个多世纪了，每逢回忆，像潺潺小溪在心涧流淌，一旦迸发，更是滔滔不绝。

　　我4岁时的某天，得知堂嫂约定带来奈回娘家，便吵着要跟去。

　　堂嫂的娘家在安沙一山清水秀的小村，那里交通不便，出入全凭双腿。

　　"我带你去要得，但没车坐，要走远路，行吗？"

　　"来奈行，我就行！"

　　来奈是堂嫂的长子，比我小一岁，一直寄居于周姓人家。堂嫂能带他去，当然应捎上我。

　　不知走了多久，感觉腿脚酸痛，很想歇歇。但瞧瞧一旁不声不响、也在行走的侄儿，不好意思开口。

　　"我们歇会儿上个厕所！"堂嫂在路旁一简易茅棚处停下，恰巧满足了我的心愿。茅房不远有棵大树，太阳虽大，茂密的树叶却给大地留下一片绿荫。

　　我牵着来奈坐在树下，听着树上悦耳的虫鸣，十分享受。

　　风儿轻轻吹，细枝微微摇；睡意阵阵袭，幸福脸上绕。

正昏昏欲睡，被前来迎接的亲家爹爹惊扰。

蒙眬中，感觉他将我和来奈抱进放有箩筐的独轮车上，伴着一路的"吱呀"声，醒时，我们已经到达。

在我五六岁时，比我大四岁的邻居"狗哥"，叫上一群像我这般大的小屁孩上他家游戏。

出门时，我们已组成了一支一丝不挂的队伍。高的在前，矮的随后，有节奏地拍打着屁股，行走在街头巷尾的麻石路上。

"咯群鬼崽子玩尽花样，空几年，看你们还敢不敢这么做！"

直面街道上评头论足的观众，别人越议论，我们越嘚瑟。

小时爱好捉迷藏，这种游戏按出石头、剪刀、布将玩家分成两组，一组躲藏，另组寻找，以找到人数的多少决定胜负。

寻找范围从街口到小巷深处。街口的一根电线杆是我们的大本营，它是安全的象征。置身大本营的一组成员，能视两组的情况，用"鸡蛋白回不得，鸡蛋黄换地方"的呐喊，提醒本组成员速回大本营或转移隐藏地点。

某次，我正在大本营观望，无意中看见贤姐和丈夫艾哥的浪漫事情。

贤姐家的大门紧挨电线杆。天气炎热，人们习惯将竹铺放门口乘凉，贤姐家也不例外。

"球球，我给你一毛钱，去别地方玩好啵。"

"好，谢谢贤姐！"

从那次开始，我转换了大本营。有时习惯性走向电线杆，也要先看看附近是否有竹铺。当伙伴质疑时，我总是回答，莫打扰街邻休息。

到了入学的年龄，二姐带我去学校报名。

"你家有几个人？"老师问。

"八个。"

"哪八个？"

"爸爸，妈妈，四个姐姐——"

此时，二姐用力捏了一下我的手。我一直称堂嫂叫贵姐，数人头，二姐担心我数错。

"哥哥和我，共八人。"二姐此举让我急中生智，否则，说不准会多出一个堂嫂来。

九岁那年，几个小伙伴赛跑，绕街道外环一圈，用时最短为赢。

随着"预备——跑"的一声令下，我像一匹脱缰的野马飞奔。

跑出仁兴园，冲过明月街，跨进西长街……突然，一辆板车横亘在我面前，手柄直指我的腹部。

"完了，我会像用钢叉叉鱼一样被穿透！"

"我为什么要参加这场比赛，今天我在劫难逃！"

"老妈，我还没长大就要先你而去，不能尽孝啊！"

"永别了，我的伙伴！再见，我的故乡……"

仿佛生离死别，那一瞬间，我也不知道为何会想那么多。

我不能死！我要活!!

我猛地一转身，避开了板车拉柄，惊出一身冷汗。我决定中止比赛，为了母亲，为了伙伴，为了不可重来的生命！

十岁时，某天周末放学后，与几位同学跑着回家，不小心，窜到马路上，被司机骂。

"谁上马路跑？"一位民警厉声询问。我悄悄靠近，听不清伙伴们说了什么，但见警察掏出小本子在记。

"叫马路上跑的人明天来派出所！"民警说完，大家散去。当晚，我去了新良家，告之：咱俩应诺。

第二天，吃过早饭，我们在派出所找到昨天说话的民警，说前来投案。

"啊，跟我来！"他将我俩带到一间拘留室，锁上门走了。

"你们犯了什么事？"拘留室内突然站起来一个人，吓了我们一跳。他原蹲在角落，穿着邋遢，长相猥琐，听明缘由后说："你们没事！"

"你怎么进来的？"

"我运气不好，偷盗被抓。"

这是否叫坐牢，我俩不知道。

"要关多久啊？"新良哭了："家里还不知道我现在哪里！"几小时过去了，门外传来碗筷的敲打声。我走到门前张望，希望见到那位民警，总算如愿。

"警察叔叔，放我们回家！"我大叫。

"下次还去马路上玩吗？"

"再不去了！"

回到家，妈妈正在喊我吃饭。当获悉事情原委后，笑我是送肉上砧板。

我家隔壁邻舍是位盲人袁大爹。他年过花甲，老伴去世，独自一人生活，靠算命为生。

老人外出，有时会叫我作向导。他家的一些事，我也会主动帮忙，例如扫地、倒垃圾。

我读四年级时，此事被学校知道，让我在周会上典型发言，假如班主任不来家访，我也许会被评上长沙市的三好学生。

"你儿子在家表现怎么样？"王老师问我妈。

"还算听话，就是有点争饭吃。"

三年自然灾害期间，吃饭定量，每人蒸一碗。每次吃饭前，我总是先去挑饭多的碗拿走，有时迟到了，没见大碗，会直嚷嚷。

母亲讲实话，让我的希望破灭，降级为学校的"五好学生"，原因很简单，"违反了政府的粮食政策"。

十二岁那年，一位新来的班主任顾老师来我家家访，我姐认识她，说是同学。我也不知道为什么，从此，改变了一直怕老师的心态。

某次,我做错了一道不该错的习题,顾老师送我一句话:粗心大意害死人。我当面顶撞,追问她,我害死了谁!

某次课堂写小字,我敷衍了事,从 1962 年写起,1963 年……一直往下写年代。

我母亲只有我一个儿子,上有三个姐姐,一家人稀罕我,我能在姐面前任性,亦能在姐的同学面前任性。

改变我的是后来的一次考试。我怎么也想不起熟悉的内容,急得直哭,是顾老师安慰叫我别急,宛如发蒙时,二姐牵着我去报名一样,使我恢复了常态,从此克服了任性。

1963 年我升入八中。报到时,被校园悠扬的笛声吸引,吹奏的歌曲是《谁不说俺家乡好》。

以前我也会吹笛,此刻深感技不如人,发誓迎头赶上,不只是吹笛,还有学习。

我发奋学习,坚持课前预习,上课专心,课后复习,该玩时玩,该睡时睡,心有目标,劳逸结合。一学期结束,期末考试,七门功课,除作文为全班最高 92 分外,均为满分。

为此代铭同学告诉我,班主任余老师宣布:我班只有杨振球可以玩。他十分羡慕:"我要是你,会作死的玩!"

又过了一年,我加入了共青团。

我忘不了,在由毛主席题词的"生的伟大,死的光荣"的刘胡兰烈士像前的集体宣誓:我志愿加入中国共产主义青年团,坚决拥护中国共产党的领导,遵守团的章程,服从团的决议……

那是一次由共青团长沙市委组织的大型宣誓活动,预示着一代新人正茁壮成长。

再见,我的童年,我无法忘记那如诗的岁月和梦幻的季节!

再见,我的童年,我永远回不去的小时候!

有人说:"童年是树上的蝉、水中的蛙,是牧笛的短歌,是伙伴们捉迷藏。"我寻思:"童年是一棵没有年轮的树,永不消失,永不老去!"

　　"小时候,画在手上的表没有动,却带走了我们最好的时光;长大后,戴在手上的表一直动,却带不回我们最好的时光!"

深深浅浅的足印

　　我欣赏强哥的书法和摄影艺术,尤其看了他给他父亲拍摄的一张艺术照后,总想某一天,自己也有一张这样的艺术照:心怀梦想,眼望远方,沉思前事,心事浩茫。今天,我的愿望总算实现。

　　我喜爱写作。去年底,蒙儿时老师的力荐,我有幸进入了长沙市老干部大学写作班学习。在写作班,又蒙黄班长的关照,使我在短短的三个月内,发表作品数十篇并结集成书。为新书需要,我希望强哥给我拍艺术照一张,强哥欣然接受。

　　强哥是我校的书法课教师,又是湖南省舞台艺术摄影家协会会员。

　　前天,他告诉我,7点会开车来接我去拍照,他新购了一台东风日产汽车,因还未上牌,不好停车,叫我在街口处等候。

　　车辆在白箬铺一处静谧的乡村停下,门楼写有"湖南省舞台艺术摄影家协会拍摄基地"。乍一看,仅一栋房屋,为一般的土砖农舍,门口挂着许多招牌。老板姓蒋,古古敦敦,原任过长沙市某局的办公室主任。我们吃罢他煮的盖着鸡蛋的面条后,他带我们沿着农舍旁边的一条小路往上。一线长廊,里面摆着许多小餐桌,长廊对面是歌厅,据介绍能坐百余人。歌厅后面,有几座蒙古包和一处摄影棚,这里是拍摄基地。棚内设施齐全,各种灯具、道具、背景材料琳琅满目,我曾认为长沙凯旋门摄影社是我市最高档的摄影场所,如今一见,五十步笑百步。

"我们校长有福气哟,今天放晴,天气不冷不热,感觉舒爽!"他对蒋老板说。

棚内挂着许多摄影作品,有丁俊辉斯诺克比赛的巨幅照片,球杆正对着照片前的桌球台,如同看激烈的赛事。这里有强哥拍摄的数幅头像作品,每幅长约 1.5 米,宽约 80 厘米,有的沉思,有的自信,有的回眸一笑,有的含情脉脉。这些作品,拍摄细腻,贴切自然,彰显着生命的活力,体现着向上的追求,美不胜收,令人心动。

为给我拍摄,强哥不断地调试着灯光,变换着道具:往前、靠后、向左、向右、抬首、低头、回眸、正视,记不清拍了多少镜头。休息五分钟后,又继续拍照。立式、坐姿、侧身、正面……我一生从未拍过这么多照片,为了书中的肖像,为了圆梦写作,他在凑合刘海成仙!

"强哥,够了,拍几张即可,用不着这么多!"我多次叫停,他坚持要拍。

"你知道吗,不同角度的拍摄,效果都会不同,哪怕同一角度拍摄,也是此一时非彼一时。"

听着他的高论,我记起了哲学家的一句名言:"人不能两次踏进同一条河流。"强哥将哲学思想溶于摄影艺术中,难怪他充满灵性,获奖不断。

"书法和摄影关系密切,懂书法的人,学习摄影容易些。"

拍摄完毕,聊了一阵天,大师傅叫我们下去吃饭。四人五道菜:小炒莳菜、乡里腊肉、余肉丸、辣椒炒荷包蛋、剁椒蒸芋头。强哥带来了新疆的酒"帝丝露",葡萄酒入口柔和,味道纯正,大家都说好喝。

蒋老板想欣赏强哥今天的摄影作品，我说会在我的新书上出现，到时候，我会给在座的每位送上一本，大家叮嘱我到时兑现。

　　返回途中，下起雨来。车顶上，"啪啪啪啪"雨声不断，如行进中的鼓击。"不管多晚，我今天都会将照片发给你的！"他对着我直嚷。

　　车内正在播放歌曲《祖国不会忘记》。

　　下车时，强哥的声音让我的眼泪伴着雨水流淌。

　　"在茫茫的人海里，我是哪一个；在奔腾的浪花里，我是哪一朵……"